NOVIA A LA FUERZA

LOUISE FULLER

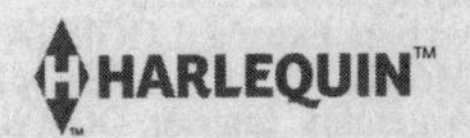

Editado por Harlequin Ibérica.
Una división de HarperCollins Ibérica, S.A.
Núñez de Balboa, 56
28001 Madrid

Novia a la fuerza, n.º 2575 - 4.10.17
Título original: Blackmailed Down the Aisle
Publicada originalmente por Mills & Boon®, Ltd., Londres.

I.S.B.N.: 978-84-9170-110-1
Depósito legal: M-22215-2017
Impresión en CPI (Barcelona)
Fecha impresion para Argentina: 2.4.18
Distribuidor exclusivo para España: LOGISTA
Distribuidores para México: CODIPLYRSA y Despacho Flores
Distribuidores para Argentina: Interior, DGP, S.A. Alvarado 2118.
Cap. Fed./Buenos Aires y Gran Buenos Aires, VACCARO HNOS.

Capítulo 1

HABÍA mucho ruido y mucha gente, y hacía calor.

Todo el mundo bailaba, reía, se divertía en la fiesta. Todo el mundo menos Daisy Maddox, cuyo pelo rubio brillaba bajo las luces parpadeantes. Se apoyó en una pared y estudió el salón.

No había otro lugar en el mundo tan vibrante como Manhattan a medianoche. Ni ningún otro sitio tan glamuroso como Fleming Tower, el rascacielos de acero y cristal que pertenecía al jefe de su hermano David, Rolf Fleming, un magnate dedicado al negocio inmobiliario y el anfitrión de aquella fiesta.

Daisy suspiró. Era una fiesta estupenda.

¡Para los que hubiesen ido de invitados!

Contuvo un bostezo y bajó la vista a su uniforme. Como camarera, era solo un trabajo más. Un asco de trabajo, por muy bonito que fuese el lugar. Por muy atractivos que fuesen los invitados.

Miró al joven que llevaba toda la noche rondándola.

Era delgado, moreno y encantador, exactamente su tipo. En circunstancias normales habría coqueteado un poco con él, pero esa noche, no.

–¡Venga! –le dijo él sonriendo–. Por una copa de champán no va a pasar nada.

Joanne, otra de las camareras, que estaba detrás de él, puso los ojos en blanco.

Daisy espiró lentamente. Había llegado a casa de su hermano seis meses antes con la esperanza de triunfar en Broadway, pero, como era habitual en su vida, nada había salido como había planeado. Y sus sueños se habían perdido en una deprimente espiral de audiciones y negativas. No obstante, sus años en la escuela de arte dramático siempre le servían para algo. Puso gesto de decepción y esbozó una sonrisa.

–Te lo agradezco, Tim, pero no puedo. Como te he dicho antes, no bebo mientras trabajo.

–No me llamo Tim, me llamo Tom. Venga. Solo una copa. Te prometo que no se lo contaré a nadie –insistió él–. De todos modos, el gran jefe no está aquí.

Rolf Fleming. «El gran jefe». Daisy pensó en su rostro guapo, frío, con gesto de desdén en la fotografía que aparecía en la web de su empresa, y se le aceleró el corazón. Aquello era cierto. A pesar de que la fiesta tenía lugar en su edificio y era para sus trabajadores, Rolf no había asistido.

Se rumoreaba que aparecería por allí sin avisar. Alguien había asegurado que ya lo había visto en el vestíbulo, pero Daisy sabía que no iba a ir. Rolf Fleming estaba en Washington, trabajando, y cuando regresase se habría terminado la fiesta.

«Y no solo la fiesta», pensó, mirando el reloj que había colgado de una pared.

–¿Trabajas para él?

Sorprendida, se giró y vio que Joanne estaba mirando a Tom con curiosidad.

Él asintió.

–Sí, desde hace más o menos un año.

–¿De verdad? –preguntó Joanne–. Es muy, muy guapo. ¿Cómo es como persona?

La pregunta iba dirigida a Tom, pero Daisy tuvo que morderse la lengua para no responder en su lugar. Después de haberse pasado horas buscando información en Internet, lo sabía casi todo de Rolf Fleming. Aunque en realidad no hubiese mucho que saber. Daba pocas entrevistas y, salvo por las fotografías en las que aparecía acompañado de modelos y chicas ricas, había poca información acerca de su vida privada.

Tom se encogió de hombros.

–No trato mucho con él, pero en lo relativo a los negocios es una fiera. Y siempre consigue a las chicas más deseadas.

Frunció el ceño.

–También da un poco de miedo. Quiero decir, que trabaja como un loco y quiere tenerlo todo bajo control. Siempre está al tanto de lo que ocurre... hasta del más mínimo detalle. Y está obsesionado con la sinceridad.

Hizo una pausa y frunció el ceño.

–En una ocasión, estábamos en una reunión y alguien intentó ocultarle algo... Os puedo asegurar que es mejor no sacar su lado más oscuro.

A Daisy se le hizo un nudo en el estómago.

Las palabras de Tom le confirmaban lo que David ya le había dicho. Rolf Fleming era un hombre despiadado, adicto al trabajo, mujeriego y que tenía fobia al compromiso. En resumen, una versión exagerada de Nick, su ex, y el tipo de hombre que ella detestaba.

Levantó la vista y le dio un vuelco el corazón al ver la hora que marcaba el reloj. Casi se había terminado su turno y, por una vez, no se sentía aliviada. Aquella noche era la primera vez, y ojalá fuese la última, que tendría que escoger entre romper una promesa o infringir la ley.

–¿Te encuentras bien? –le preguntó Joanne–. Tienes mala cara.

Daisy tragó saliva. No se encontraba bien. Solo de pensar en lo que estaba a punto de hacer, sentía náuseas.

Esbozó una sonrisa.

–Sé que estamos en la ciudad que no duerme jamás, pero a veces me gustaría que todo en Nueva York se terminase antes.

–Mira... –le dijo Joanne, mirando a su alrededor y bajando la voz–. ¿Por qué no te vas a casa? Yo me ocuparé de todo.

Daisy negó con la cabeza.

–Solo estoy cansada. Y no quiero dejarte tirada...

–No te preocupes. Y deja de fingir que te encuentras bien.

Daisy dudó. Odiaba mentirle a su amiga, pero no podía contarle la verdad.

Con el corazón encogido, recordó a su hermano, David, llorando cuatro días antes. Después de mucho insistir, él había terminado confesándole que tenía un problema de adicción al juego.

Daisy se estremeció. Las deudas de David eran el menor de sus problemas. Aquel mismo día, al entrar a dejar unos documentos en el despacho de Rolf Fleming, David había visto que había un reloj en el suelo. Y no un reloj cualquiera, sino un reloj de diseño. Y se había agachado y lo había tomado, pensando que podría venderlo y saldar así sus deudas.

De vuelta a casa, se había dado cuenta de lo que había hecho y se había venido abajo. Así que Daisy le había prometido que ella devolvería el reloj.

Levantó la vista e hizo una mueca.

–Es cierto que me siento un poco rara. Tal vez sea mejor que me marche ya. Gracias, Jo. Eres la mejor.

Joanne asintió.

–Sí, pero no me des las gracias tan pronto. Voy a necesitar que me sustituyas el martes –le respondió–. Cam me ha invitado a cenar. Llevamos seis meses juntos.

Mientras avanzaba entre la multitud, Daisy pensó que a ella también le habría encantado salir a cenar con su novio.

Pero para eso precisaba un novio.

Y Nick la había dejado cinco semanas antes.

Abatida, bajó la cabeza mientras esperaba el ascensor.

Pensó que todos los hombres eran egoístas y mentirosos. O tal vez ella no supiese elegir bien. En cualquier caso, estaba harta. Lo que iba a hacer era disfrutar de su soltería.

Metió la mano en el bolsillo delantero del delantal y sacó una tarjeta, estudió la fotografía de su hermano. Por suerte, tenía a David. Él la ayudaba a ensayar cuando tenía una audición, e incluso le había encontrado aquel trabajo de camarera.

La luz del ascensor se puso verde y las puertas se abrieron.

Le debía mucho a su hermano.

Y había llegado el momento de compensarlo.

Le temblaban las manos, pero podía hacerlo.

David la estaba esperando abajo, en el vestíbulo, y solo de pensar en su gesto de alivio cuando la viese le hizo dar un paso al frente.

Una vez dentro del ascensor sintió pánico, pero cuando las puertas volvieron a abrirse salió al pasillo.

David le había dicho cuál era el despacho de Rolf y ella atravesó la zona de recepción hasta llegar a una puerta de madera. Le resultó extraño que no hubiese una placa con el nombre, pero se dijo que Rolf Fleming no la necesitaba.

Tuvo la sensación de que entraba en la guarida de un león, pero levantó la barbilla, puso los hombros rectos y se dijo que el león no estaba allí. Y que, cuando volviese, ella se habría marchado.

Respiró hondo, insertó la tarjeta y abrió la puerta.

Todo estaba en silencio, a oscuras. Salvo por las luces que entraban por el ventanal. Rolf Fleming debía de tener las mejores vistas de la ciudad.

–¡Ay!

Se había dado un golpe en la rodilla con algo duro, pero enseguida se olvidó del dolor al darse cuenta de que algo se movía, alargó las manos para impedir que se cayese un objeto, pero no lo pudo evitar. Se oyó un estruendo.

–¡Muy bien, Daisy! –murmuró entre dientes.

Se frotó la rodilla y, de repente, se quedó inmóvil al oír pasos al otro lado de la puerta.

Los pasos se detuvieron y a ella se le aceleró el corazón de tal manera que pensó que se le iba a salir del pecho.

La puerta se abrió y ella se quedó inmóvil con la esperanza de que, fuese quien fuese, no la viera, pero sus esperanzas se hicieron añicos cuando una voz fría y brusca rompió el silencio.

–He tenido un día muy largo, así que espero, por su bien, que tenga una buena explicación...

Daisy parpadeó. Se suponía que Rolf Fleming estaba en Washington.

Pero, salvo que estuviese alucinando, se encontraba allí.

Y lo que más la sorprendió fue que, en persona, fuese tan guapo.

Se dijo que no era su tipo. Era demasiado rubio, demasiado sereno, demasiado calculador. Debía de ser el efecto sorpresa lo que hacía que lo estuviese mirando tan fijamente.

Tenía la piel dorada, la mandíbula marcada y el pelo corto, rubio, parecía más un gladiador romano que un multimillonario. Lo único que lo delataba era el traje oscuro, y evidentemente muy caro, que llevaba puesto.

Sus ojos, que también estaban clavados en ella, eran increíbles, brillantes, verdes, pero era su boca lo que más la impactó. Una boca que Daisy podía imaginarse sonriendo sensualmente...

Pero en esos momentos no sonreía. Tenía los labios apretados y todo su cuerpo desprendía hostilidad. Ella miró con nerviosismo a su alrededor, buscando una salida, pero no la había.

Estaba atrapada.

–Puedo... explicarlo –balbució.

–Pues te sugiero que empieces a hacerlo. Sé breve y concisa. Como ya he dicho, he tenido un día muy largo... Daisy.

Dijo su nombre con suavidad, como si se tratase casi de un término cariñoso, y ella tardó un momento en darse cuenta de que sabía quién era. Abrió los ojos muy sorprendida y vio que él bajaba la vista a la placa que llevaba prendida de la camisa.

–Así que te llamas así. Pensé que le habías robado eso a alguna pobre y desdichada camarera de la fiesta.

Ella levantó la mano instintivamente y tocó la placa.

–No, me llamo Daisy y, para su información, solo soy una pobre camarera. Por eso estoy aquí.

Lo miró a los ojos. Metió la mano en el bolsillo del delantal y tocó la tarjeta de su hermano; sintió que tenía que protegerlo.

–Estaba trabajando en la fiesta y hacían falta más servilletas, pero me equivoqué de botón al entrar en el ascensor...

Rolf cerró la puerta y se acercó a ella.

–Te he dicho que fueras breve, pero tenía que haber añadido que dijeras la verdad. Por favor, no me insultes con tus mentiras...

Daisy sintió que las paredes del despacho se encogían a su alrededor. Rolf dominaba todo el espacio, pero ella no podía permitir que la dominase también. Si lo hacía, se sabría la verdad y le arruinaría la vida a David.

–No es el único que ha tenido un día muy largo –replicó–. Llevo horas de pie y también estoy cansada. Por eso he cometido un error.

Él sacudió la cabeza.

–Entrar en un lugar sin permiso no es cometer un error, y cualquier juez estaría de acuerdo conmigo –respondió él–. Dime qué haces en mi despacho a la una menos cuarto de la mañana.

–No sabía que fuese su despacho –le dijo ella–. De hecho, ni siquiera sé quién es usted.

Él la miró con incredulidad.

–¿Estás trabajando abajo y no sabes quién soy?

–Trabajo para muchas personas –continuó ella–. No recuerdo todos los nombres ni todas las caras.

Rolf apretó los labios y ella se sintió satisfecha de haberle dado precisamente en el orgullo.

Hubo un largo y tenso silencio. Entonces, Rolf se encogió de hombros y dijo:

–Sin duda, ese es el motivo por el que eres camarera.

A Daisy le ardieron las mejillas.

–No me trate con condescendencia... –empezó, furiosa.

–Pues no me mientas –le dijo él.

–Está bien, ¡sé quién es! ¿Y qué? Eso no cambia nada.

–Yo creo que sí, porque da la casualidad de que estás en mi edificio y en mi despacho. Y no deberías estar aquí.

Daisy sintió miedo.

Rolf la vio palidecer y se le encogió el estómago. En realidad estaba asustada, tal vez, al fin y al cabo, no fuese una delincuente.

No obstante, seguía siendo culpable.

Culpable de conocer el poder de su belleza y culpable de utilizarlo para engañar. La estudió con la mirada, se fijó en que tenía la barbilla levantada, las mejillas ligeramente sonrojadas. Había conocido a otras mujeres como ella. a una en particular, que había pensado que podía mentir y manipular a todo el mundo.

Daisy había cometido el mayor error de su vida si pensaba que podía engañarlo a él.

–Sentía curiosidad. Solo quería echar un vistazo.

–Ya, pero no has dado la luz. Debes de tener una extraordinaria visión nocturna.

Daisy se mordió la lengua. Ya odiaba su manera de mirarla, el brillo de aquellos ojos verdes. Ella se había imaginado lo que ocurriría si la sorprendían, pero no había pensado que fuese a encontrarse con Rolf Fleming.

–No he encendido las luces porque he pensado que podrían verme –dijo enseguida.

Lo tenía tan cerca que su calor y su olor la estaban aturdiendo.

–Sé que no podía venir a este piso, pero ya había trabajado varias veces aquí y quería ver...

Supo que aquello no tenía sentido y, desesperada, miró hacia el ventanal. Clavó la mirada en el Empire State Building.

–La ciudad. De noche –terminó, suspirando aliviada–. Todo el mundo dice que las vistas desde aquí son increíbles, así que he subido a comprobarlo.

Él la miró fijamente.

–¿Y cómo lo has conseguido?

Daisy tragó saliva.

–No lo sé –volvió a mentir–. Tocando botones.

Le estaba empezando a doler la cabeza y supo que tenía que salir de allí. David lo comprendería y juntos pensarían otra manera menos humillante de devolverle a Rolf Fleming el reloj.

–Mire, señor Fleming. Siento mucho haber subido aquí, ¿de acuerdo? No ha sido buena idea. Ha sido un error. Prometo que no volverá a ocurrir. Le agradecería que lo olvidase para siempre.

Él siguió en silencio.

–Daisy. Bonito nombre... –dijo entonces.

Ella se dio cuenta de que estaba intentando controlar su mal humor.

–Antiguo. Dulce. Decente.

Rolf sonrió de manera fría.

–Es una pena que no le hagas justicia.

Daisy se quedó inmóvil.

–No sé qué quiere decir.

Él sacudió la cabeza.

–Te lo voy a explicar. He tenido un día muy largo.

Se interrumpió. Notó que sus hombros se tensaban. No solo había sido un día largo, sino también frustrante. La oferta que le había hecho a James Dunmore por el edificio era generosa, pero él la había rechazado. Y Rolf seguía sin entender el motivo.

Apretó los labios. O tal vez sí que lo entendiese. No le gustaba a Dunmore. Este no aprobaba su reputación de hombre despiadado y mujeriego. Rolf respiró hondo. Quería aquel edificio, llevaba diecisiete años detrás de él, y no se iba a rendir.

Tenía que convencer a Dunmore de que había cambiado...

Se le aceleró el pulso. Por si la tensión del día había sido poca, tenía a aquella mujer allí.

«Llama a seguridad», se dijo.

Él no tenía por qué resolver aquello, pero miró a Daisy y sintió que todo su cuerpo reaccionaba.

Era guapa, tenía los ojos marrones y un cuerpo que hacía que aquel insípido uniforme pareciese elegante y sexy. Estudió su rostro. Solo llevaba un poco de pintalabios, nada más de maquillaje. Su belleza no necesitaba ser realzada. Todo en ella, desde la curva de sus labios a los grandes ojos, estaba creado para seducir.

Había intentado recogerse el pelo rubio en una especie de coleta baja, pero se le había soltado y Rolf admitió, molesto, que quería despeinarla todavía más. Casi podía imaginarse aquel pelo entre sus dedos y cómo se le echaría hacia delante cuando se besasen....

Levantó la cabeza bruscamente.

–Como ya he dicho, he tenido un día muy largo y difícil...

–En ese caso, ¿por qué no permite que me quite de en medio? –sugirió Daisy–. De todos modos, debería volver al trabajo.

–Yo pienso que no.

La agarró con fuerza por la muñeca.

–No vas a ir a ninguna parte hasta que me digas la verdad.

–Suélteme –le pidió ella–. ¡Ya le he dicho la verdad!

–No has dicho más que mentiras. Supongo que puedes engañar a otros hombres simplemente con parpadear, pero yo no soy como los demás. Así que deja de poner morritos y dime la verdad.

–No estoy poniendo morritos –replicó ella, zafándose–. Y otro hombre, más razonable y decente, no me estaría interrogando así cuando solo he cometido un error.

Él se echó a reír con ironía.

–¿Más decente que yo?

–Que sea un magnate no le da derecho a juzgar a nadie. De todos modos, esto no es un juicio.

–No, pero lo habrá. Y se te acusará de intrusión, de intento de robo...

–No he venido aquí a robar –replicó Daisy–. Que sepa que he venido a...

Entonces lo miró horrorizada.

–¿A qué? –le preguntó él, agarrándola con fuerza por la cintura, pegándola contra su pecho.

Ella se quedó en silencio. Había estado a punto de traicionar a David.

–Déjeme marchar –dijo enfadada, golpeándole el brazo.

–Para ya.

–Me está haciendo daño.

–Pues deja de resistirte.

La agarró con más fuerza, de manera que el estómago de Rolf acabó pegado a su espalda. Y Daisy tuvo que admitir que, a pesar de todo, no le daba miedo.

–¿Qué tienes en la mano? –le preguntó él.

Y Daisy apretó la tarjeta con fuerza, pero él se la quitó.

–Gracias –dijo entonces, soltándola y haciéndola girarse para tenerla de frente.

Rolf miró la tarjeta y después a ella.

–¿De dónde has sacado esto?

Daisy pensó en contarle la verdad, pero lo miró a la cara y se dio cuenta de que estaba furioso.

–Estaba en el suelo.

–¡Cómo no!

–Se le ha debido de caer a alguien...

Rolf sacudió la cabeza. Estaba harto de mentiras. De repente, recordó otras mentiras del pasado, recordó conversaciones de sus padres, recordó las historias que contaba su madre...

Y se sintió superado. Quiso que aquella mujer saliese de su despacho y de su vida.

–Sé que no pinta bien –dijo ella–, pero no he hecho nada malo. Tiene que creerme...

–Creo que los dos sabemos que es un poco tarde para eso –contestó él en tono salvaje.

No confiaba en ella, y tenía razón. La vida le había enseñado muy pronto que no había nada más peligroso que una mujer acorralada.

Aunque aquella no era su problema.

–Estoy cansado –terminó–. Y esta conversación está zanjada.

Se metió la mano en la chaqueta y sacó el teléfono.

–¿Qué quiere decir? ¿A quién va a llamar? No. Por favor...

La desesperación de su voz le encogió el estómago.

–Te he dado la oportunidad de decirme la verdad, que has venido a robar...

–Pero no es cierto –respondió ella–. Admito que le he mentido, pero le juro que no soy una ladrona.

Él la miró fijamente a los ojos. Sonaba convincente, pero no se podía fiar.

Por otro lado, no entendía qué hacía allí.

–Demuéstramelo. Vacíate los bolsillos –le ordenó–. Salvo que quieras que lo haga yo.

Ella palideció.

–¿Me está amenazando?

–No lo sé –admitió él–. ¿Te sientes amenazada?

Daisy tragó saliva. Se sentía amenazada. Y atrapada. Si se vaciaba los bolsillos y sacaba el reloj no iba a poder salir de aquel despacho, ni del edificio.

–Puedo explicarlo... –balbució, mientras Rolf la miraba en silencio.

–Seguro que sí, pero ya me has contado bastantes cuentos por hoy. Voy a llamar a seguridad. Están abajo con David, tu hermano. Esperando para llevaros a los dos a comisaría.

Capítulo 2

DAISY lo miró horrorizada.

–¿Qué tiene que ver David con esto? –preguntó, sabiendo que Rolf lo sabía todo–. ¿Cómo sabe...?

–¿Que David me robó el reloj?

La miró a los ojos.

–Lo sé porque hay cámaras de seguridad. Tengo a tu hermano grabado.

–No, por favor –le suplicó ella–, deme solo cinco minutos...

–Ya hemos desperdiciado suficiente tiempo.

–Es que no conoce la historia completa –protestó ella.

–Resérvala para tus abogados. Cobrarán por escuchar tus mentiras. Yo no.

Aquello la puso furiosa.

–Tenía que haber sabido que alguien como usted lo reduciría todo al dinero.

–¿Alguien como yo? ¿Te refieres a un ciudadano que respeta la ley?

–Me refiero a alguien sin corazón.

–No necesito corazón para reconocer a un ladrón.

–David no es un ladrón –replicó ella.

–Entonces, ¿no me robó el reloj?

–No... bueno, sí, pero fue un error... Y yo estoy aquí para devolverle esto.

Rolf ni siquiera miró el reloj, tenía la vista fija en el rostro de Daisy.

–Eso no prueba nada. Salvo que todo lo que me has dicho hasta ahora era mentira, así que, además de ladrona, mentirosa.

–No soy una ladrona –repitió ella con la voz temblorosa–. Y desde que ha entrado por esa puerta no ha hecho nada más que amenazarme e intimidarme.

–Pues llama a la policía.

–Pues sí, lo voy a hacer. Así no tendré que pasar más tiempo con usted.

–No seas infantil –dijo él con voz tensa.

–No estoy siendo infantil. La policía va a venir de todos modos, ¿qué más da?

Rolf tuvo que admirarla por su testarudez.

–En realidad, no quieres hacerlo, Daisy.

–Usted no sabe qué quiero. No sabe nada de mí, ni de David.

Él la miró a los ojos.

–Pues cuéntamelo.

Daisy se quedó en silencio.

–¿Por qué? –preguntó por fin–. ¿Para poder utilizarlo contra él?

Rolf frunció el ceño.

–Eso dependerá de lo que me cuentes. Ahora mismo lo único que sé de tu hermano es, aparte de que siente debilidad por los relojes caros, que trabaja en el departamento de Adquisición y Desarrollo. Y que es alto e inquieto...

–No es inquieto, es tímido, y le cuesta hacer amigos.

–Le resultaría más fácil si no robase.

–Fue un error –insistió Daisy, exasperada.

–Eso dices tú, pero un error es que se te olvide cargar el móvil, no tomar algo que no te pertenece. A eso se le llama robar.

–No siempre –dijo ella, mirándolo a los ojos, con los hombros rectos, dispuesta a luchar.

Y Rolf apretó los dientes porque sabía que Daisy tenía razón. David Maddox no era un delincuente. Lo había hecho investigar en vez de despedirlo directamente y además de tener un informe acerca de su salud, su formación y su experiencia laboral, sabía que tenía una hermana melliza que también trabajaba para Fleming Organisation.

Clavó la vista en su rostro y se sintió flotar, desequilibrado, como si hubiese estado bebiendo. Eso había sido ella, una línea en un informe, un nombre sin rostro.

Pero no había palabras que pudiesen describir la belleza y el alma de Daisy.

Deseó tocarla, pasar la mano por la curva de su mejilla, bajar los dedos por la suave piel de su garganta, y seguir descendiendo hacia los redondeados pechos, llegar a la cintura...

Todo su cuerpo cobró vida, Rolf se excitó.

Al verla entrar en su despacho a través de las cámaras de seguridad había pensado que era una mujer atractiva, pero codiciosa, que no respetaba las reglas. Y, sin saber por qué, se había enfadado tanto que había subido él mismo a hablar con ella.

–Siento curiosidad, dime, ¿qué haces cuando no te dedicas a entrar a escondidas en los despachos?

–¿Para qué quiere saberlo? –inquirió ella–. Es evidente que ha decidido que David y yo somos una especie de Bonnie y Clyde. Y nada de lo que yo diga va a cambiar eso.

–Ponme a prueba. No puedo asegurarte que eso vaya a cambiar las cosas, pero tampoco tienes nada que perder.

Ella contuvo la respiración y observó, fascinada, cómo Rolf se desabrochaba el primer botón de la camisa y se aflojaba la corbata verde oscuro.

–Antes me ha dicho que no le interesaba.

–Y tú me has dicho a mí que no tengo corazón.

–¿Entonces?

–Te estoy dando una oportunidad para redimirte. Y a David también, por supuesto.

Rolf se dio cuenta de que la estaba tentando con sus palabras, pero que no estaba segura. Por fin, suspiró.

–No hay mucho que contar. Tengo veinticinco años. Vivo con mi hermano, somos mellizos. Y soy camarera. Solo una camarera, pero no por decisión propia. En realidad soy actriz, lo de camarera es temporal.

Él siguió en silencio.

–Ya le he dicho que no había mucho que contar.

Rolf la miró fijamente antes de contestar:

–Creo que he encontrado una manera de salir de este desafortunado incidente.

Y sonrió con satisfacción.

–No voy a acostarme con usted, si es a eso a lo que se refiere. ¡Antes preferiría vender mis riñones!

–Creo que, por norma general, se vende solo uno –respondió él–. Me gusta una mujer esposada como al que más, pero no porque la haya detenido la policía.

Ella se mordió la lengua.

–Entonces, ¿qué quiere?

Él la miró de arriba abajo, casi como si intentase ver en su interior.

Daisy se sintió atrapada, vulnerable.

Por fin, Rolf sonrió.

–Quiero que te cases conmigo –anunció.

Volvió a hacerse el silencio.

Daisy lo miró sorprendida, intentando comprender.

–Lo siento, pero me parece que he oído mal. ¿Ha dicho...?

–Que quiero que te cases conmigo. Has oído bien.

Ella se llevó una mano a la frente.

–¿De qué me está hablando? –consiguió preguntar.

Debía de ser una trampa, otra manera de hacer que se sintiese como una tonta. Miró a su alrededor, intentando encontrar una explicación, pero al volver a mirarlo a los ojos, se estremeció.

¡Hablaba en serio!

–Casi no me conoce. Y ya nos odiamos. ¿Por qué iba a querer casarse conmigo?

Él no le prestó atención.

–¿Por qué no te sientas y lo hablamos detenidamente?

«Es como un político», pensó Daisy desesperada. Respondía una pregunta con otra pregunta y hacía caso omiso de lo que no quería responder o hablar.

Ella abrió la boca para protestar, pero él ya estaba avanzando hacia el escritorio para sentarse en su sillón. Parecía tranquilo y relajado, como si pedirle que se casase con él a una joven que había entrado a escondidas en su despacho fuese lo más normal. Pero su mirada era depredadora, como la de un lobo ante un cordero.

–Ven. Siéntate. No muerdo.

No fue una invitación, ni siquiera fue una orden. Era un reto.

Daisy levantó la barbilla.

–De acuerdo, pero hablar no servirá de nada. Nadie se casa con un desconocido.

Se dejó caer en el suave sillón de cuero y se dio cuenta de lo cansada que estaba.

–Hay muchas mujeres en el mundo que conocen a sus maridos el día de la boda.

–Sí, cuando es un matrimonio acordado.

–Eso va a ser –respondió él sonriendo–. Lo estoy organizando yo.

–No sea ridículo. Es imposible que quiera casarse conmigo, ¿a quién pretende engañar? ¿O es una broma? ¿Es una manera de castigarme por...?

Levantó la vista y se quedó sin habla. Él la estudió en silencio.

–Si quisiera castigarte, haría algo mucho más... divertido.

A ella se le encogió el estómago.

–Para los dos.

Daisy se estremeció, lo miró en silencio, inmóvil, a pesar del caos que reinaba en su interior. Tenía el corazón demasiado acelerado. Se clavó las uñas en las palmas de las manos para intentar romper el hechizo de su mirada.

–No me puede decir algo así –dijo–. Las cosas no funcionan de esa manera.

La tensión aumentó. Rolf la examinaba con curiosidad.

–Sí, si quieres que tu hermano conserve su puesto de trabajo. Y, lo que es más importante, evitar la cárcel.

Ella se levantó de un salto y se inclinó sobre el escritorio de manera instintiva, temblando de ira.

–¡Eso es chantaje! ¡Qué asco!

–Sí... –respondió él, sin parecer tan siquiera avergonzado–. ¿Por qué te pones así?

–¿Por qué? Tal vez porque es extraño y porque no está bien. Está aprovechándose de la situación.

Rolf frunció el ceño.

–No te pongas tan melodramática. La boda nos beneficiará a ambos. ¿Por qué no te tranquilizas y te vuelves a sentar?

Él cuadró los hombros.

–Siéntate –repitió, en aquella ocasión en un tono claramente autoritario–. No me he explicado bien. Necesito casarme contigo, pero solo hará falta que tú hagas el papel de esposa.

–¿Es para un anuncio? ¿Para publicitar su negocio? –preguntó Daisy, esperanzada.

–No. Tendremos que casarnos de verdad.

Daisy intentó entenderlo.

–¿Y por qué no podemos solo fingir?

–Porque no funcionaría –respondió él.

–Nadie necesita una esposa –comentó Daisy–. Mucho menos a las dos de la madrugada.

–Yo sí –la contradijo Rolf, encogiéndose de hombros.

–¿Por qué?

–Eso no es asunto tuyo.

Ella se dio cuenta de que tenía que tomar una decisión si quería salir de aquel embrollo.

–De acuerdo, pero no voy a casarme con nadie, mucho menos con usted, si no me dice para qué necesita una esposa.

No era solo curiosidad. Necesitaba estar segura. Y dejarle claro a él que no era una marioneta con la que pudiese jugar.

Se cruzó de brazos.

–No hace falta que me dé detalles. Sea breve y conciso.

Contuvo la respiración mientras lo veía fruncir el ceño, como valorando cuánto podía contarle. Por fin, Rolf se encogió de hombros y la miró de nuevo a los ojos.

–Estoy intentando cerrar un trato. Quiero comprar un edificio. El dueño es un hombre chapado a la antigua... sentimental. Solo venderá a alguien en quien confíe. Alguien con quien comparta valores. Yo necesito que confíe en mí y, para ello, tiene que ver mi lado más afectuoso. La manera más sencilla de mostrárselo es casándome.

–Pero no es posible que esa sea la única solución, ¿no? ¿Y si no me hubiese encontrado aquí, en su despacho? ¿Qué habría hecho?

–Pero te he encontrado. Y eres perfecta.

Daisy se ruborizó.

–¿Lo soy?

Rolf notó cómo respondía su cuerpo, se excitó al ver cómo se sonrojaba Daisy. Tomó aire.

–Sí. Estás soltera y eres actriz, pero lo más importante es que sé que vas a hacer lo que te pida.

–¿Lo que me pida? –repitió ella, le temblaban las manos.

–Hay muchas actrices en paro, pero yo necesito a alguien en quien pueda confiar. Dado que la libertad y el futuro de tu hermano están en mis manos, estoy seguro de que serás discreta –le explicó él con toda tranquilidad–. Aunque si prefieres que vayamos a hablar con la policía...

Daisy apartó la mirada, se sentía dolida, derrotada.

–¿Cuánto tiempo duraría? –preguntó.

–Un año. Después, cada uno seguirá su camino.

Así dicho, parecía muy sencillo. Un matrimonio puramente de conveniencia.

No obstante, a ella se le encogió el corazón. No era la boda que siempre se había imaginado. Deseaba tener una relación basada en el amor, la confianza y la sinceridad, como la de sus padres.

Todo lo contrario de lo que tendría si accedía a aquella tontería.

De repente, se sintió muy sola.

Puso los hombros rectos, levantó la cabeza y desafió a Rolf con la mirada.

–¿Y a usted le parece bien? ¿Es así como siempre ha imaginado que sería su matrimonio?

Rolf hizo girar su sillón para mirar por la ventana. Sabía que la pregunta de Daisy era más o menos retórica, pero le ardía la sangre en las venas.

Por un instante, miró hacia la ciudad e intentó luchar contra el pánico y la impotencia que había despertado en él aquella conversación. La respuesta era no. No era así como se había imaginado que sería su matrimonio. Sobre todo, porque jamás había pensado que se casaría.

No creía en la monogamia, ni pensaba que el matrimonio representase el amor y la devoción.

El comportamiento de su madre se lo había demostrado en repetidas ocasiones, había destruido su familia y a su padre.

Pero su matrimonio con Daisy sería diferente, se aseguró. Él lo controlaría cuidadosamente y no correría el riesgo de sufrir porque no habría una implicación emocional en su relación. De hecho, solo tendrían que estar juntos en público.

Sintiéndose más tranquilo, se giró hacia ella.

–No puedo decir que haya empleado mucha energía en pensarlo. Nunca le he encontrado sentido a comprometerme con alguien.

Daisy lo fulminó con la mirada.

–¡Qué romántico! ¿Les dice eso a todas las mujeres con las que sale, o solo a las que chantajea?

Él la contempló, impasible, pero sus ojos se habían oscurecido peligrosamente.

–Nunca le prometo nada a nadie –respondió–, pero no tienes que preocuparte. Todas las mujeres con las que salgo quieren lo mismo que yo. Son mujeres independientes que disfrutan del sexo. Conmigo. Y te aseguro que están conformes con el planteamiento.

Daisy contuvo la respiración.

–Lo que usted diga –respondió–, pero, para que las cosas queden bien claras, si nos casamos, yo haré mi papel en público, pero no en privado. En privado, tendrá que satisfacerse a sí mismo.

Vio cómo se encendía su mirada y se sintió esperanzada. Era evidente que Rolf no lo tenía todo planeado, y tal vez todavía pudiese hacerlo cambiar de opinión.

Daisy se cruzó de brazos e intentó imitar la frialdad de su gesto.

–Mire, sé que no quiere escuchar esto, pero ¿está seguro de que va a salir bien? Piénselo. No nos conocemos de nada. Y no nos vamos a acostar juntos. ¿Cómo vamos a hacer creer a todo el mundo que somos una pareja que se ama y se desea?

Con el estómago encogido, Daisy pensó que aquello era exactamente lo que siempre había intentado, sin éxito, encontrar en todos y cada uno de sus novios.

–No pienso que eso sea un problema.

–Pues a mí me parece que no está siendo realista –replicó ella, fingiendo una seguridad que no sentía–. Yo podría hacer el papel porque soy actriz, pero lo que me pide no es tan sencillo. Piense en todas las películas que fracasan porque no hay química entre los dos protagonistas...

Se interrumpió al ver que Rolf se ponía en pie y le tendía la mano.

–Tenemos que marcharnos –dijo–. El turno del

equipo de seguridad va a cambiar y me parece que ambos hemos respondido ya suficientes preguntas extrañas esta noche.

Ella no tomó su mano, se levantó y entonces se dio cuenta de que lo tenía muy cerca. Lo miró y sintió calor por todo el cuerpo.

–¿De qué estábamos hablando? –comentó Rolf–. Ah, sí, de nuestra química.

–No existe –respondió Daisy, intentando no respirar el olor masculino, a limpio, de su cuerpo–. Y eso no se puede fingir delante de las cámaras. Tiene que ser real.

Rolf se quedó en silencio. Se preguntó si Daisy se estaría dando cuenta de que su cuerpo la estaba traicionando. Estaba ruborizada y había separado ligeramente los labios, a modo de invitación.

Ella estudió su rostro y él frunció el ceño.

–Esto no va a funcionar si no somos convincentes. Me pregunto... ¿Cómo podríamos comprobarlo? ¿Qué harías si estuvieses aspirando realmente a un papel como actriz?

–Supongo que pasaría una audición –respondió Daisy, aturdida.

Él se acercó un paso más y sonrió.

–Buena idea... –murmuró.

Y la besó en los labios.

Notó cómo Daisy se ponía tensa un instante, y cómo después se relajaba y le devolvía el beso...

Daisy se aferró a su camisa. Sabía que tenía que sentir asco, que aquel era su enemigo, un chantajista, pero todo su cuerpo se encendió cuando Rolf profundizó el beso.

Se apretó contra él y lo agarró de los brazos, le clavó las uñas. Notó que Rolf respondía, que se le aceleraba la respiración, y ella echó la cabeza hacia atrás y...

Entonces él se apartó y respiró.

–¿Qué decías? Ah, sí, que tiene que ser real –comentó sonriendo mientras le apartaba un mechón de pelo de la cara–. Yo diría que ha sido bastante real.

La mirada le brillaba con satisfacción.

Daisy estaba aturdida, con el corazón acelerado. Sorprendida y avergonzada, se dio cuenta de que todavía lo estaba agarrando del brazo y, lentamente, para no llamar la atención, apartó la mano.

–¿Entonces? –le preguntó él–. Última oportunidad. ¿Qué prefieres? ¿A mí o a la policía?

Aquello fue como un jarro de agua fría para Daisy. Si se hubiese tratado solo de ella, no lo habría dudado. Lo habría rechazado sin más, pero no se trataba solo de ella. Tenía que tomar a otras personas en consideración. A David. Y a sus padres.

Antes de que le diese tiempo a cambiar de opinión, lo miró a los ojos y contestó:

–A ti.

Su sonrisa le causó pánico, pero se sentía tan avergonzada que no le importó.

–Bien, vámonos.

–Tengo que ver a David...

Él negó con la cabeza.

–En otra ocasión. David tiene que irse a casa. Y tú vas a venir conmigo, a la que será tu casa durante los próximos doce meses.

Daisy se mordió el labio inferior. Pensó que, por

poco probable que le pareciese, tal vez Rolf tuviese un lado cariñoso, más amable. Rogó en silencio por que así fuera. Si no, ella iba a pasarse los siguientes doce meses sintiéndose como si la hubiesen metido en una jaula de oro.

Capítulo 3

«NO ESTOY preparada para esto», pensó Daisy una hora después, ya en el edificio en el que Rolf tenía su ático, en Park Avenue.

Todo estaba yendo demasiado deprisa.

Mientras esperaba el ascensor había pensado que tal vez el plan se viniese abajo en algún momento, pero Rolf había supervisado los preparativos con inequívoca autoridad. Habían llevado a David a casa y le habían dicho que se tomase un par de días libres. Y la ausencia de Daisy se había explicado alegando que la habían llamado de Filadelfia para que participase allí en una obra de teatro.

Pensó que tenía que haber sentido pánico antes, pero el beso de Rolf la había distraído tanto que casi ni se había enterado del trayecto en su limusina negra. Se había sentado en ella en silencio y había recordado una y otra vez el momento en que sus labios la habían tocado.

Levantó la vista y notó que su pulso se calmaba. En el despacho de Rolf solo se había sentido agradecida de que él no llamase a la policía, pero en ese momento lo que sentía era sorpresa y duda, se sentía como un astronauta que acabase de aterrizar en un planeta desconocido.

La situación no le parecía real. Aquella ya no era su vida.

Delante de ella una enorme lámpara de araña iluminaba el suelo de mármol del recibidor, enfrente, había una escalera con anchura suficiente para que pasase un coche, pero lo que más llamó su atención fueron los extraordinarios cuadros que había colgados de las paredes.

Estudió uno de ellos y frunció el ceño. Le resultaba familiar...

–Es un Pollock. Uno de sus primeros trabajos...

Daisy se sobresaltó, se le había olvidado que Rolf estaba allí. Entonces asimiló sus palabras.

¡Rolf tenía un Pollock auténtico!

Había sabido que era rico, pero aquella era una obra de arte auténtica, de las que se vendían por muchos millones en las subastas. Y estaba colgada en la entrada de su casa.

Asintió, intentando que no se notase lo incómoda que se sentía.

–A David le encanta.

–A mí me parece que sus obras son un poco recargadas, pero estas... –dijo, señalando a su alrededor– no las he elegido yo, sino mi comisario de arte. Piensa que su valor va a aumentar mucho.

Daisy apartó la vista de los cuadros y frunció el ceño.

–Y eso es lo único que importa, ¿no? ¿Que valgan dinero? ¿No que te produzcan placer?

Él estudió su rostro.

–Todas me resultan parecidas. ¿Entramos?

Ella respiró hondo y asintió.

Entonces se quedó boquiabierta al entrar al salón. Era enorme.

Pero no fue su tamaño lo único que la sorprendió, sino la opulencia del mismo.

–Bienvenida a tu nuevo hogar –le dijo Rolf–. No te voy a hacer una visita guiada ahora, pero, evidentemente, esto es el salón y la cocina está allí, por si te entra hambre durante la noche.

Daisy se dio cuenta de que Rolf la observaba, ella miró con nerviosismo a su alrededor, preguntándose en qué momento exactamente había accedido a ir a vivir con él.

Un rato antes le había parecido que la idea tenía sentido. Así se conocerían un poco antes de anunciar su compromiso.

¿En qué demonios había estado pensando? No se imaginaba viviendo allí, mucho menos con Rolf, ni fingiendo ser su esposa.

Como si él le hubiese leído el pensamiento, se quitó la chaqueta, la tiró sobre un enorme sofá de cuero beige y la miró a los ojos.

–Te acostumbrarás.

–¿Tú crees?

Se había quitado el uniforme y se había puesto sus vaqueros y una camiseta ancha, toda ella estaba fuera de lugar allí.

–Tendrás que hacerlo, si quieres evitar que tu hermano vaya a la cárcel.

Aquello fue como un jarro de agua fría.

De repente, dejó de sentir miedo y dudas, se sintió furiosa.

–Eres despreciable –respondió con voz temblorosa–. ¿Por qué has dicho eso? He accedido a hacer lo que me has pedido y lo haré, deja a David en paz.

Estaba temblando. Rolf la había coaccionado para que se casase con él. Eso no era normal y él lo sabía. ¿Por qué se comportaba entonces como si su reacción no fuese la normal, como si estuviese exagerando?

Daisy sacudió la cabeza.

–No te entiendo. ¿No te incomoda que tengamos que mentir?

Él arqueó las cejas y Daisy supo que iba a hacer un comentario irónico.

–Te has pasado toda la noche mintiéndome, Daisy, ¿qué más da hacerlo unos cuantos meses más?

Sus miradas se cruzaron. Ella tragó saliva, se sintió atrapada. Odiaba que Rolf lo tergiversase todo para hacer que pareciese que ella era la mala de la película.

–¿Es que no tienes compasión?

–En general, sí. Contigo, no. La culpa de esto la tienes tú. Tú y tu hermano, por cierto. Además, me cuesta creer que vivir aquí te vaya a resultar tan duro.

–Si tú lo dices.

Daisy pensó que era evidente que estaba perdiendo el tiempo, Rolf no iba a sentirse culpable.

–¿Te importa que me siente? –preguntó, dejándose caer en el sofá más cercano sin esperar la respuesta–. ¿Me necesitas para algo más? Si no, me gustaría darme una ducha e irme a la cama.

Rolf oyó la palabra «cama» de labios de Daisy y no pudo evitar pensar en sábanas arrugadas y cuerpos entrelazados, moviéndose lentamente bajo la luz de la luna.

Apretó los dientes. En su despacho le había parecido guapa, pero en esos momentos tenía la sensación de que era la mujer más sexy que había visto jamás.

Tal vez fuese la curva de su trasero con aquellos pantalones vaqueros, o el trozo de hombro que la enorme camiseta dejaba al descubierto.

Se la imaginó bajo la ducha.

Desnuda, con el agua corriendo por su cuerpo. Y le costó respirar. Tragó saliva y se giró hacia las ventanas. Estaba empezando a amanecer.

Era evidente que la deseaba, pero aquella era una oportunidad única para conseguir lo que quería de James Dunmore. Así que no podía distraerse con una mujer.

Se aclaró la garganta y negó con la cabeza.

–No, nada más. Todo lo demás puede esperar... hasta mañana.

Daisy se había quedado dormida, hecha un ovillo, como un gato. Él se quedó mirándola un instante, como si fuese la primera vez que la veía, le pareció más vulnerable. Le pareció que necesitaba que alguien la protegiese.

¿Por qué no tenía a nadie que la cuidase? ¿Su familia, su hermano, sus padres? Se sintió enfadado otra vez, pero por otro motivo. Enfadado de tenerla allí, en su sofá, de que se hubiese convertido en su responsabilidad.

«Responsabilidad». Cuando se le había ocurrido la idea del matrimonio no había pensado que sentiría aquello. La idea lo ponía tenso.

Frunció el ceño y se pasó la mano por la mandíbula. Se dijo que aquello formaba parte de la negociación. El resto era solo el cansancio.

Suspiró, tomó su chaqueta y tapó con ella a Daisy, que cambió de postura, pero no se despertó. Él la miró una vez más y se dio la vuelta para alejarse muy despacio.

Al despertar, Daisy tardó un momento en darse cuenta de dónde estaba. Aturdida, se giró y se preguntó cómo era posible que se le hubiese olvidado cerrar las cortinas de su dormitorio. Y entonces abrió los ojos y todo su cuerpo se puso tenso al recordar dónde se encontraba. Y por qué.

Con el corazón acelerado, se quedó tumbada, rígida, sin poder respirar, hasta que sus músculos empezaron a reaccionar y se obligó a sentarse. Miró a su alrededor en el enorme salón. No había rastro alguno de Rolf, pero el alivio le duró solo un instante, ya que todavía podía sentir su presencia y eso la incomodaba.

Bajó la vista y entendió el motivo. Alguien, seguramente el propio Rolf, la había tapado con su chaqueta mientras dormía. La tomó con cuidado y aspiró el olor a cítrico, a limpio, de su colonia.

Pensó en sus ojos verdes, fríos, mirándola mientras dormía y se sintió vulnerable, expuesta. Rolf era el enemigo y la había visto en su momento de mayor debilidad. La idea de que la hubiese tapado la molestaba todavía más. Era un gesto atento de un hombre que carecía totalmente de empatía.

Notó que su teléfono vibraba dentro del bolsillo,

lo sacó y se olvidó de Rolf. Era un mensaje de David, el tercero que su hermano le había enviado.

Los leyó despacio y se le hizo un nudo en el estómago al darse cuenta de la confianza que David tenía en ella. Se había creído la explicación que le había dado y, además, se sentía muy agradecido con Rolf, que había sido comprensivo con él y no lo había echado del trabajo.

Daisy recordó que unas horas antes había llamado a su hermano, desde la limusina. Su actuación no había sido demasiado convincente, pero como David había estado cansado y preocupado, no había notado la tensión de su voz ni había cuestionado la credibilidad de la historia que ella le había contado. No obstante, Daisy sabía que tal vez la siguiente vez no pudiese engañarlo, por eso había acordado con Rolf no hablar con él personalmente durante los siguientes días.

Se inclinó hacia delante e intentó tranquilizarse. Quería mucho a su hermano, pero, por primera vez en su vida, se alegraba de no tener que oír su voz.

Como era normal, se sentía aliviada y se alegraba de que la vida de él se hubiese enderezado. Conservaría su trabajo y, dado que casi había devuelto el dinero que debía, podría olvidarse de todo aquello, pero su vocecita interior le repetía una y otra vez las mismas preguntas.

«¿Y yo? ¿Y mi vida?».

Le rugió el estómago, como si este se opusiese a su egoísmo, y se guardó el teléfono otra vez en el bolsillo, respirando hondo.

Lo hecho, hecho estaba. Además, la decisión de

aceptar el plan de Rolf la había tomado ella, no David. Su hermano no sabía nada del tema, ni iba a saberlo. Daisy conocía bien a David y sabía que él no estaría de acuerdo. Y ella no quería que se sintiese culpable.

Lo mejor sería hacerle pensar que todo había vuelto a la normalidad. Y, después, en un futuro, les hablaría a él y a sus padres de su «relación» con Rolf.

Aquello iba a resultarle muy difícil. David era su hermano mellizo, se lo contaban todo. Mentirle, sobre todo acerca de algo tan importante y personal, iba a ser complicado.

Su estómago volvió a rugir, con más fuerza.

Pero en esos momentos tenía asuntos más importantes que atender. Si no comía, no se tendría de pie. Necesitaba comida y tal vez después diese una vuelta por su nuevo «hogar».

Se levantó y fue en busca de la cocina.

Después de haber comido algo, recorrió lentamente el piso intentando no sentirse como una invitada o, peor, como una intrusa. Su casa familiar era grande y acogedora, aunque un poco destartalada. Y con cada paso que daba en aquella se sentía más fuera de lugar.

De día el lugar era todavía más bonito. Los suelos, de madera clara, añadían calidez a las paredes blancas y los muebles de líneas limpias, y las enormes ventanas ofrecían unas increíbles vistas a Central Park y a la ciudad. Como Rolf no estaba a su lado para incomodarla, se limitó a quedarse de pie y a admirarlo todo en silencio.

Lo que no tuvo adjetivos para describir fue el espacio exterior. Era impresionante, increíble, alucinante... Ninguna de aquellas palabras hacía justicia a la terraza que se alargaba interminablemente hacia el horizonte. Tampoco supo cómo describir la piscina, cuya superficie solo reflejaba el cielo y algún avión que lo surcaba.

Y a pesar de aquello, Daisy se dio cuenta de que aquel piso no la conmovía. Parecía más un hotel que un hogar. No había objetos personales que hablasen de la persona que vivía allí. Nada hacía adivinar que Rolf era su dueño. Podría haber pertenecido a cualquiera. O a nadie.

Daisy se preguntó, nerviosa, con quién iba a casarse.

Entró en otra elegante habitación y se detuvo en la puerta. Era distinta. También muy grande, pero daba la sensación de que era un lugar que sí se utilizaba. Vio un precioso cuenco de plata encima de una superficie de madera oscura. Aspiró su olor, se acercó y metió una mano temblorosa y, por fin, logró que su cerebro empezase a funcionar.

Era un despacho. El despacho de Rolf.

Entonces sí que se sintió como una intrusa.

–No te ha llevado mucho tiempo.

Y su voz.

Apartó la mano, se puso tensa y se giró hacia donde estaba Rolf, observándola, apoyado en el marco de la puerta.

A Daisy se le detuvo el corazón y, por un instante, lo miró en silencio.

En todo aquel piso, lleno de obras de arte, no había ninguna que pudiese rivalizar con la perfecta simetría de su rostro. Aunque no era su rostro lo que estaba haciendo que le temblasen las piernas, sino el hecho de que estuviese vestido con unos pantalones negros, de deporte.

Y nada más.

Era evidente que volvía del gimnasio. Tenía el pelo todavía húmedo y una toalla colgada alrededor del cuello. O tal vez siempre anduviese por la casa así, pensó Daisy, desesperada.

Cualquier otra persona se habría sentido incómoda estando medio desnuda delante de otra. Sin embargo, a Rolf parecía no importarle. ¿Por qué iba a importarle? Daisy recorrió con la mirada los músculos de sus brazos y de su pecho. Era un hombre impresionante, y lo sabía.

Ella apartó la vista de su vientre plano, intentó no pensar en lo que había debajo de aquellos pantalones, y le preguntó.

–¿El qué no me ha llevado mucho tiempo?

Él no respondió, entró en la habitación con la mirada clavada en su rostro.

–Intentar robar la plata de la familia –dijo en voz baja, con tanta naturalidad que Daisy podría haber pensado que estaba bromeando.

Pero había frialdad en su mirada.

–Tengo que advertirte que los cuadros pesan mucho más de lo que parece, incluso enrollados.

Ella tomó aire.

–No estaba robando nada.

–Por supuesto que no –dijo él–, deja que lo adivine, solo querías echar un vistazo.

Aquello la enfadó.

–Sí. ¿No se supone que vivo aquí y que voy a casarme contigo? Me parece normal echar un vistazo –replicó–. Aunque, francamente, me parece que he visto más de lo que quería ver.

Se hizo un tenso silencio.

–¿Eso piensas?

–Sí.

Daisy quería demostrarle que era inmune a él, quería darle una lección a su arrogancia, pero Rolf empezó a acercarse más.

Ella retrocedió.

–¿Qué haces?

Alargó las manos al ver que seguía avanzando hacia ella.

–Para. ¡Para!

Y, por fin, lo hizo, aunque se quedó a poca distancia de ella, la suficiente para que pudiesen tocarse. Demasiado cerca. Tanto que a Daisy le era imposible escapar de aquel cuerpo escultural, de la seductora sonrisa de sus labios, unos labios que le habían dado el beso más apasionado de toda su vida.

Sintió deseo.

–¿Que pare el qué? –preguntó Rolf.

–Que pares de llamarme cosas feas, de hacer comentarios sarcásticos –le pidió Daisy con voz temblorosa.

Se odiaba a sí misma por sentirse tan débil.

Odiaba a su cuerpo por responder cuando lo único que tenía que hacer era rechazarlo, pero también lo odiaba a él por haber tomado el control de su vida. Respiró hondo y se cruzó de brazos. ¿Cómo iba a creer alguien que se amaban, si entre ellos solo había odio?

–Esto no va a funcionar –dijo con la mayor firmeza posible–. Lo nuestro, quiero decir. Sé que, en teoría, parecía posible, pero...

Se interrumpió cuando Rolf la miró a los ojos.

–Permite que te recuerde el motivo por el que vas a intentar que funcione. Es la única manera de evitar que tanto tu hermano como tú tengáis antecedentes penales.

Ella sintió que se le cerraba la garganta, que no podía respirar.

–Pero no voy a poder vivir así durante doce meses.

–Me da igual.

Daisy se puso a temblar, de deseo y de rabia.

–¡Ya sé que te da igual! –le gritó–. No te importo yo ni te importa cómo me sienta. Me lo dejaste claro nada más conocernos. Y, sí, ya sé que había entrado sin permiso a tu despacho, te voy a ahorrar que me lo recuerdes.

El gesto de Rolf era duro, impenetrable.

–Te advierto, Daisy, que ya he tenido suficiente de...

–¿De qué? ¿De que me comporte como un ser humano? No puedes insultarme y...

–¡Insultarte! –repitió él, sacudiendo la cabeza con incredulidad.

–Sí. Insultarme –volvió a decir Daisy–. Lo haces todo el tiempo. Y no es justo...

–¿Justo? –la interrumpió Rolf–. He sido más que justo. Podía haberme limitado a entregaros a la policía, pero no lo hice.

–¿Y eso es para ti ser justo? ¿Chantajearme para que me case contigo? No fuiste justo, fuiste egoísta.

A él se le sonrojaron las mejillas, le brillaron los ojos.

–Yo lo veo más bien como una respuesta estratégica a una oportunidad de negocio.

Sus palabras no debían haberla sorprendido, mucho menos disgustado, al fin y al cabo, ella había aceptado su propuesta, pero saber que estaba siendo utilizada la molestaba.

–Deja que te diga algo, Rolf, tal vez no te importe yo ni te importen mis sentimientos, pero sé que te importa ese edificio, si no, yo no estaría aquí. Soy actriz, pero no puedo hacer milagros. Y nadie se va a creer que nuestro matrimonio es real si sigues comportándote así.

Rolf tenía que entender lo que ella intentaba explicarle. Que las personas normales que tenían relaciones normales necesitaban una cierta confianza y un cierto respeto para que su relación funcionase.

Daisy suspiró.

–Sé que no te importa cómo me sienta, que piensas, incluso, que me lo merezco, pero resulta que sí que importa porque yo no voy a poder olvidarme de las cosas desagradables que me dices en privado y fingir que te adoro en público.

–¿Por qué no? Eso es actuar.

–Claro, y hacer negocios es solo firmar papeles, ¿no? –replicó ella–. Soy actriz, así que créeme si te digo que, si quieres que el público se crea el personaje, no puedes limitarte a fingir. Tienes que creértelo tú también. No basta con que digas que quieres que sea tu esposa. Tú también vas a tener que actuar un poco. Vas a tener que comprometerte con la obra.

Espiró lentamente.

–Así que, aunque no te guste, tienes que dejar de juzgarme y de juzgar a mi hermano. Si no, esto no va a funcionar.

Él la miró fijamente.

–Tú entraste en mi despacho y él me robó el reloj. ¿No me da eso derecho a juzgaros?

–No –le aseguró Daisy–. Lo único que sabes de David es que es algo nervioso y que te robó el reloj, pero no conoces al verdadero David. Al David que conozco yo. Jamás en su vida había hecho algo así. Es la persona más legal que te puedas encontrar. Y la más dulce.

Rolf vio cómo la mirada de Daisy se enternecía al defender a su hermano y se le encogió el corazón en el pecho. La devoción que Daisy sentía por David lo conmovía, aunque la sensación no le gustase.

Y le hacía sentirse cansado y vacío, como si, por un instante, sus papeles se hubiesen intercambiado y hubiera sido él quien hubiese entrado en un despacho a oscuras. Salvo que él estaba entrando sin permiso en un lugar mucho más íntimo y personal.

Era evidente que el amor que Daisy sentía por su hermano era real, puro e irrefutable.

Apretó la mandíbula. Pensó que el amor era mucho más peligroso para la salud y la felicidad que las drogas y el alcohol. Hacía que las personas sensatas se volviesen locas, convertía la fortaleza en debilidad.

Y lo sabía por propia experiencia. Había visto cómo el amor de su padre por su madre había sido recompensado con engaños en vez de con lealtad. Y, lo que era peor, había visto a su madre llorar, sentir el dolor como si fuese propio, para después darse cuenta de que, en realidad, su madre no había sufrido, solo había sentido frustración. Aunque eso lo había sabido demasiado tarde, cuando lo único que había quedado era una carta encima de la mesa de la cocina.

Por eso había jurado no cometer jamás el mismo error que su padre. Por eso había decidido casarse con Daisy, una mujer a la que sabía que jamás podría amar.

Apretó la mandíbula, sabía que su expresión fría no lo delataba.

–Si tan honesto y dulce es, ¿por qué me robó el reloj? –preguntó.

A Daisy le sorprendió la pregunta. De repente, notó que tenía las palmas de las manos húmedas. Era una buena pregunta y ella quería responder con la verdad. ¿Hasta dónde debía contarle? Por lo poco que lo conocía, sabía que no podía esperar de Rolf una reacción comprensiva. No obstante, lo miró a la cara y supo que era un riesgo que debía correr.

–Necesitaba el dinero. Había estado jugando por Internet. Y perdiendo. Mucho.

Al decirlo en voz alta, volvió a sentirse sorprendida. Se le volvió a encoger el estómago como cuando David por fin había confesado la verdad. Recordó el pánico de su mirada mientras ella intentaba tranquilizarlo. Se le nubló la vista, se sintió fatal.

–Pienso que empezó porque le resultaba divertido. Tenía algo que hacer cuando no podía dormir. Y, de repente, tenía una terrible deuda.

–¿Y ahora?

Daisy levantó la vista.

–No vendió el reloj, así que debe de seguir teniendo la deuda, ¿no? –preguntó Rolf, mirándola de manera impasible.

Aunque, por primera vez, Daisy tuvo la sensación de que no la estaba juzgando.

–Yo he pagado casi todo lo que debía con mis ahorros –admitió ella–. El año pasado hice un par de anuncios. En realidad no es un trabajo de actriz, pero está bien pagado.

Él asintió.

–¿Ha hablado con alguien de sus problemas? Además de contigo, quiero decir. ¿Con algún amigo? ¿Con vuestros padres?

Daisy negó con la cabeza. ¿Qué podía decir de sus padres? Que llevaban toda la vida juntos. Que era lo mismo que quería ella. Salvo la cafetería, que se llamaba Love Shack, en la que se había hartado de trabajar de camarera. Eran tan felices que ni David ni ella querían hacer nada que empañase aquella felicidad.

–Él no quería... que lo supieran. Solo habría servido para preocuparlos. Además... Yo... nosotros podemos solucionarlo solos.

Rolf la miró fijamente. Pensó que estaba equivocada. Que el problema de su hermano solo podía solucionarse con ayuda profesional. A los adictos les costaba darse cuenta de que tenían un problema, por mucho dolor y caos que causasen a su alrededor.

–¿Y cuándo te contó a ti que jugaba?

Daisy tragó saliva.

–El mismo día que te robó el reloj.

Él guardó silencio un instante, se quedó pensativo.

–Muy egoísta por su parte, ¿no crees?

Daisy levantó la cabeza. ¿Qué había esperado? ¿De verdad había pensado que Rolf lo entendería? ¿O que le importaría?

Rolf Fleming solo pensaba en aprovechar el momento de debilidad de otro hombre, o el cariño que ella sentía por su hermano. Daisy sintió náuseas. Había traicionado la confianza de su hermano para nada.

Lo fulminó con la mirada.

–No es egoísta... –empezó.

Pero él la interrumpió.

–Es tu mellizo. Supongo que sabía que intentarías ayudarlo.

Rolf alargó una mano al ver que Daisy iba a protestar.

–No lo estoy juzgando, Daisy, pero las personas adictas no razonan como las demás. Mienten, niegan y ponen excusas. Es parte de su enfermedad.

Ella lo miró y pensó que parecía saber de lo que estaba hablando y quiso preguntarle el motivo, pero su expresión era distante, así que no lo hizo.

Se limitó a asentir en silencio.

Él la miró a los ojos.

–David está enfermo. Necesita apoyo y comprensión.

Su mirada era fría y serena, pero su expresión se había vuelto más suave, casi... comprensiva.

–Por eso voy a buscarle ayuda profesional.

A Daisy se le cortó la respiración.

–¿Por qué? ¿Por qué ibas a hacer algo así?

Él la miró y pensó que era muy guapa, tenía los pómulos marcados, la mandíbula delicada y la piel luminosa. No obstante, ese no era el motivo por el que iba a ayudar a su hermano.

No le gustaba el comportamiento que había tenido David. Un robo seguía siendo un robo. Ni estaba de acuerdo con lo que Daisy había hecho, pero en esos momentos entendía mejor sus motivos.

Se encogió de hombros.

–Independientemente de lo que pienses de mí, Daisy, no soy un monstruo. David necesita tratamiento. Trabaja para mí, así que soy responsable de su bienestar. No obstante, voy a poner una condición.

Hizo una breve pausa.

–Me ocuparé de él, pero no quiero líos. Aunque no estés en nómina, tú también trabajas ahora para mí, y espero... Exijo siempre honestidad por parte de mis empleados.

Ella se obligó a mirarlo a los ojos, esbozó una sonrisa.

–Lo comprendo. Y te agradezco que vayas a ayudar a David. Es muy generoso por tu parte.

Él asintió.

–Déjalo en mis manos.

Sacó el teléfono, miró la pantalla y frunció el ceño.

–Tengo que ir a cambiarme –dijo–. Y tú tienes que ir de compras.

El cambio de tema la sorprendió.

–¿De compras?

–Dentro de algo más de una semana hay una gala benéfica. Pienso que podría ser nuestra primera aparición pública. Estaremos preparados para entonces.

No fue una pregunta, sino una afirmación, otra manera de recordarle a Daisy que estaba tratando con un hombre acostumbrado a conseguir siempre lo que quería, de un modo u otro.

–No será un acto ni demasiado formal ni demasiado íntimo, y nos verán, pero no sabrán quién eres. Me parece el momento perfecto para presentarte como mi novia. No obstante, necesitarás algo que ponerte. Kenny, mi chófer, sabe adónde llevarte de compras. Elige lo que te guste y que lo carguen a mi cuenta.

–Eres muy generoso –respondió ella, frunciendo el ceño–, pero no espero que me compres ropa. Además, tengo qué ponerme en casa de David.

Él sonrió con frialdad.

–Estoy seguro de que esa ropa era adecuada para tu vida anterior, pero te aseguro que te sentirás más cómoda si vas vestida de manera apropiada.

Daisy apretó los puños y lo miró con incredulidad, furiosa.

Unos segundos antes se había sentido... si no más cerca de Rolf, al menos más relajada en su presencia, pero en ese momento volvió a recordar cuánto lo detestaba.

Era un tipo indescriptiblemente arrogante y autocrático.

–¿No debería ser yo quien decidiese lo que es apropiado o no? –le preguntó en tono tenso.

–En circunstancias normales, sí, pero eso era antes de acceder a casarte conmigo.

Dio un paso hacia ella y Daisy se puso tensa.

–Antes me has dicho que tengo que implicarme. Yo...

Se interrumpió y alargó la mano para acariciarle la mejilla.

–Pero a cambio tú tienes que dejar de luchar contra mí. Me parece justo, ¿no?

Ella sintió que se ahogaba bajo su caricia.

–Así que, si te sugiero educadamente que vayas de compras, ve de compras –continuó en tono suave–. Si no, tal vez la próxima vez no te lo pida de manera tan educada.

Entonces se dio la vuelta y la dejó allí, furiosa.

Capítulo 4

ENTONCES... –dijo Rolf, mirando a Daisy, que estaba sentada en uno de los sillones de piel del salón–. Prefieres el café al té, el vino tinto al blanco y odias el whisky.

Esperó y luchó contra aquella sensación de fastidio que lo había invadido desde hacía veinticuatro horas.

–¿Y...? –añadió por fin, mientras ella seguía con la vista clavada en la ventana.

Daisy hizo una mueca, como si se estuviese concentrando.

–A ti te gusta el vino tinto –respondió en tono dubitativo–. Y el café, con leche.

Rolf apretó los dientes.

–No, solo.

Y, en esos momentos, podría tomarse incluso algo más fuerte.

Habían empezado temprano, a hacerse preguntas el uno al otro hasta que las respuestas saliesen de manera automática. O ese había sido el plan. Rolf volvió a apretar la mandíbula. Daisy se estaba comportando como una adolescente castigada.

–Ah, sí, ahora me acuerdo –admitió ella, conteniendo un bostezo y mirándolo a los ojos–. Lo siento.

No parecía sentirlo. Todo lo contrario, su actitud era impertinente, parecía aburrida.

A Rolf le molestó, pero no respondió. En vez de eso, apoyó la espalda en el respaldo del sillón y la estudió en silencio, intentando decidir cómo manejar a aquella nueva versión de Daisy.

Desde el día anterior, cuando le había ordenado que fuese de compras, había dejado de luchar contra él abiertamente, pero había decidido tratarlo con una cortesía forzada, como la que se utilizaba a menudo con profesores o conocidos.

Lo estaba volviendo loco.

No obstante, también había algo en ella que le calaba hondo. Todo su ser respondía ante sus desafíos, su testarudez... su belleza. Porque era una mujer bella, pero había algo más. Rolf había salido con muchas mujeres, modelos, actrices, jóvenes de la alta sociedad, todas tan bellas y sensuales como Daisy. Y, no obstante, ninguna había conseguido que se sintiese como con ella. Con Daisy se sentía aturdido, desestabilizado, como si su ordenado mundo se hubiese desbaratado. Como si su propia vida ya no le perteneciese.

Y, de hecho, así era.

Se pasó la mano por el corto pelo rubio y se masajeó el cráneo. Le estaba empezando a doler la cabeza. En realidad, su vida no sería la misma durante los siguientes doce meses, hasta que el matrimonio se terminase con un rápido e inobjetable divorcio. Aunque todavía no se habían casado.

Respiró hondo. Siempre había jurado que se quedaría soltero y la idea no solo de casarse, sino de divorciarse, lo asustaba.

Pero no tenía elección. Quería ese edificio e iba a mantener la promesa que le había hecho a su padre, fuese cual fuese el precio para su salud mental y sexual.

Frunció el ceño. Normalmente, tanto en la vida como en los negocios, conseguía lo que quería gracias a una combinación de persistencia y dinero, pero llevaba diez años intentando comprar aquel edificio y James Dunmore le había dejado claro que el dinero no era el problema. Solo hacía negocios con hombres que compartiesen sus valores, y era un hombre que pensaba que la familia y el matrimonio era lo más importante de la vida.

Para Dunmore debía de ser fácil, no era él el que tenía que poner su vida en suspenso, ni tenía que convivir con una chica testaruda y sensual como Daisy Maddox. Todo habría sido mucho más sencillo si ella hubiese sido como las demás mujeres a las que conocía. Entusiasta, complaciente, coqueta, pero la mujer a la que había escogido para ser su primera –y única– esposa parecía decidida a retarlo a la menor oportunidad.

Incluso cuando la había besado.

En especial, cuando la había besado.

Rolf dejó de respirar y recordó cómo había sido el beso. Cómo el cuerpo de Daisy había cobrado vida entre sus brazos, para fundirse con el de él con un deseo tan intenso como el que él mismo había sentido.

Suspiró. Se había pasado toda la noche pensando

en aquello, sintiéndose todavía más frustrado al saber que la causa de su malestar dormía plácidamente en la habitación de al lado.

Como no había podido dormir, se había quedado pensando en las partes del cuerpo de Daisy que había podido ver: su garganta pálida, brillando bajo las fuertes luces de su despacho, la curva de su hombro, cuando se había quedado dormida en el sofá. Y la herida que se había hecho en la rodilla al tropezar en su despacho, que había podido ver gracias a la enorme camiseta con la que dormía.

Había estado pensando en aquello hasta el amanecer cuando, por fin, se había quedado dormido.

Notó que Daisy lo miraba fijamente e hizo un esfuerzo por volver a la realidad.

–Esto es aburrido para los dos –admitió–, pero cuanto antes te concentres en hacerlo bien, antes se terminará.

Daisy pensó que le estaba hablando como si fuera una niña, le ardieron las mejillas.

Se encogió de hombros.

–¿Qué importa que se me olvide algo? No pasa nada. Nadie nos va a poner un examen.

La noche anterior se había ido a la cama tan enfadada que se había quedado dormida inmediatamente y esa mañana se había levantado más fresca y tranquila, decidida a encontrar una mejor manera de manejar a Rolf. Dado que cada enfrentamiento que tenían terminaba mal para ella, había decidido no perder los nervios, aunque iba a resultarle bastante difícil.

–Soy actriz –dijo–. Sé lo que tengo que hacer para meterme en el personaje.

–Pues deja de enfadarte y hazlo. Fuiste tú la que me dijo que yo tenía que meterme en el papel. Deberías seguir tú también ese consejo.

Su sonrisa hizo que Daisy desease tirarle uno de los cojines del sofá, pero en vez de eso respiró hondo y le dijo con mucha tranquilidad:

–Todo esto me parece vacío, demasiado organizado. ¿Por qué no nos limitamos a pasar tiempo juntos y hablar? Así nos conoceremos de manera más... más natural.

La sugerencia le pareció razonable, pero aquel era un concepto que Rolf no manejaba demasiado bien.

–Hacernos preguntas es la manera más rápida de conocernos. Luego saldremos a la calle y lo pondremos en práctica. En público.

La idea de aparecer en público como su novia la asustaba. Incluso vestido de sport y tirado en un sillón irradiaba superioridad y autoridad, era todo un macho alfa.

Daisy se quedó sin aliento al ver que Rolf la recorría con la mirada. Se había puesto un vestido largo, blanco, que había comprado en las últimas vacaciones con David, el año anterior.

Ella no podría pasar por alguien de la alta sociedad. No tenía trabajo, ni dinero. En esos momentos ni siquiera su futuro le pertenecía. Y comprar ropa nueva no iba a cambiar nada de eso.

Levantó la barbilla. ¿Por qué tenía que cambiar? No se avergonzaba de quién era ni de dónde venía.

–De acuerdo, cuanto antes terminemos con esta farsa, mejor. Es solo que no me gusta sentirme como en el colegio –admitió–. Me siento como cuando empollaba para los exámenes.

–Interesante –comentó él, dedicándole una de sus frías miradas–, jamás me habría imaginado que hubieses sido una empollona.

La retó con la mirada y ella separó los labios para protestar, pero después volvió a juntarlos. Le habría resultado gratificante informarle de que había sido una muy buena estudiante, que la biblioteca había sido su segundo hogar, pero pensó que tenía pocas posibilidades de convencerlo de aquello.

Sobre todo, porque no era cierto.

–Supongo que tú serías de los mejores de tu clase –le dijo, sintiendo calor en las mejillas.

–Si te refieres a que trabajaba duro, sí, es cierto. Aunque también guardaba energía para... actividades extraescolares.

Le dedicó una sensual sonrisa que la dejó sin aliento y con el corazón acelerado.

–Me resulta fascinante oírte hablar de tus días de colegio, pero deberíamos pasar a otro tema –replicó Daisy–. Aunque antes me gustaría ir a beber agua.

Se levantó y atravesó el salón para ir a la cocina.

Rolf la observó y se excitó al clavar la mirada en el balanceo de sus caderas. Daisy había ido de compras, pero seguía utilizando su ropa anterior para estar en casa.

Sacudió la cabeza y se dio cuenta, exasperado, de que no podía evitar admirarla.

Lo que no significaba que no tuviese mucho que mejorar, sobre todo, en lo relativo a su actitud. Tal vez tuviese que recordarle lo que había en juego...

En la cocina, Daisy clavó la mirada en los armarios blancos. Tenía la mente nublada, pero lo peor era el caos que reinaba en su cuerpo.

¿Por qué tenía Rolf aquel efecto en ella?

Tomó un vaso, abrió el grifo y vio cómo el agua salpicaba en la pila de acero inoxidable. Mientras llenaba el vaso deseó poder desaparecer ella también por aquel desagüe.

Pero ¿de quién estaría escapando? ¿De Rolf o de sí misma?

–Hay agua mineral en la nevera, si la prefieres. Con y sin burbujas.

Daisy se puso tensa.

No quería tenerlo cerca. No en esos momentos.

Se había ido a la cocina para poder estar unos segundos sola, para intentar tranquilizarse, pero, cómo no, Rolf la había seguido.

Se giró y se quedó sin aliento al verlo tan cerca.

Demasiado cerca para sentirse cómoda.

Solo el tiempo le demostraría si era demasiado cerca para poder controlarse.

Sonrió de manera tensa.

–No, con la del grifo está bien.

Él la miró fijamente. Era demasiado guapo. ¿Por qué, si no, iba a desear besarlo? Sintió calor en las mejillas y deseó desesperadamente hacer entrar en razón a la mujer que se sentía atraída por aquel hombre, adoptó su papel de camarera y dijo:

–Lo siento, no te he preguntado si querías algo.

No se pudo resistir.

–¿Un café con leche? Perdón, quería decir solo.

Se hizo un breve silencio y, sin dejar de mirarla, Rolf negó con la cabeza.

–No, gracias. Estoy intentando dejarlo –respondió–. Por si no te habías dado cuenta, esto no estaba en el guion.

Ella lo miró con cautela, de repente parecía de mejor humor, menos tenso, así que Daisy deseó sonreírle. Y que él le devolviese la sonrisa.

Salvo que tenía miedo a lo que podría pasar si Rolf le devolvía la sonrisa. Una sonrisa era algo inocuo, se dijo. Como pisar de puntillas un lago helado, pero el hielo podía romperse en cualquier momento y hacerla caer.

Levantó los ojos a su fría mirada. Intentó que Rolf no notase cómo se sentía.

–No estoy intentando ponértelo difícil –le dijo–. De verdad. Pero estás haciendo esto... como si fuese una especie de ecuación. Y así no va a funcionar. Tenemos que hacer que nuestra relación parezca lo más natural posible. Y eso no va a ocurrir si nos limitamos a estar ahí sentados, intercambiando preguntas y respuestas.

Le sorprendió que Rolf le diese la razón.

–Tiene sentido.

Y Daisy se dio cuenta, asustada, de que le había resultado mucho más sencillo estar cerca de él cuando solo había sentido hostilidad.

En especial, teniendo en cuenta que Rolf se merecía su hostilidad.

O eso había pensado ella.

Porque, cuando Rolf la había acariciado con su mirada cual brisa de verano, Daisy se había dado cuenta de que jamás se había imaginado que pudiese tener aquel encanto. Y al mirar su rostro y ver cómo sus facciones se suavizaban, entendió el motivo: ¡aquello era demasiado peligroso!

Había bastado un esbozo de sonrisa para que ella se sintiese insegura, para que no supiese cómo responder.

Rolf estaba apoyado en la encimera, observándola de un modo que Daisy no llegaba a entender. Lo único que sabía era que la sofocaba, que la aturdía.

–Podemos conseguir que esto funcione, Daisy.

Ella asintió, presa del pánico.

–Para los dos es algo nuevo. Intenta pensar en ello como si se tratase de un trabajo más.

Ella frunció el ceño, por fin se sintió capaz de hablar.

–Pero es que no es así. Cuando trabajo me sé el guion y puedo meterme en el personaje, pero solo cuando estoy en el escenario, no fuera de él, en casa no actúo como lady Macbeth.

–Me alegra saberlo –respondió él.

A ella se le puso la carne de gallina, sintió calor por dentro. Supo que se había ruborizado y quiso apartar la mirada, pero no se podía mover. Así que, en vez de eso, contuvo la respiración e intentó tranquilizarse.

Espiró y dijo rápidamente:

–Es que... Se supone que estamos locamente enamorados.

El ambiente cambió, se diluyó la tensión. Por un momento, se miraron, y entonces Rolf levantó la mano y le acarició la mejilla.

–Se supone, sí –asintió, apartando la mano y retrocediendo.

Ella tragó saliva.

–Así que tenemos que...

No supo si hablar de pasión o de amor, ambos conceptos eran complicados.

–Tenemos que divertirnos –terminó.

–¿Divertirnos?

Daisy lo miró. ¿Tampoco sabía Rolf lo que era divertirse?

–Sí. Divertirnos. Necesitamos diversión, no hechos. Vamos a salir, vamos a alguna parte donde podamos charlar y relajarnos.

Pensó por un instante que él no iba a responder, que tal vez ni siquiera la hubiese escuchado.

–Entiendo... –contestó Rolf por fin, con cierta cautela–. Tengo un palco en la ópera. No sé qué están poniendo hoy, pero puedo llamar a mi asistente y que se encargue de todo.

Ella se dijo que era evidente que no la había escuchado. Si no, no habría sugerido que fuesen a la ópera. No le parecía que fuese el mejor lugar para pasar la velada, ni siquiera podrían hablar. Tenía que haber otro lugar al que llevase a las mujeres con las que salía.

–No me gustaría incomodarte y, además, no me gusta la ópera.

Rolf la miró de manera fría, hostil.

Hubo otro silencio.

Él se sentía tan furioso que no podía ni hablar. Necesitaba tiempo para calmarse. No solo estaba enfadado con Daisy por su falta de educación, sino consigo mismo por haber querido acercarse a ella.

Por haber sido débil.

–En ese caso, te dejaré aprendiéndote el guion.

Daisy tardó un momento en entenderlo.

–¿Qué quieres decir? ¿Adónde vas?

–A la oficina.

–¿A la oficina? Pero si pensé que querías...

–Pues estabas equivocada. Lo mismo que yo –le dijo–. Lo bueno es que estamos empezando a conocernos.

Rolf se dio la vuelta y salió de la cocina.

Daisy espiró. No entendía lo que acababa de ocurrir, pero se quedó con el pulso acelerado y sintió la necesidad de hacer algo con las manos.

Tomó el vaso en el que había bebido agua, lo lavó y lo secó.

¿Qué clase de persona se levantaba y se iba a trabajar en mitad de una discusión?

¿Y para qué iba a irse a la oficina? Era domingo.

Rolf se desplomó sobre el sillón que había detrás de su escritorio y miró por la ventana, a lo que consideraba su ciudad. A la izquierda estaba el pasado: el edificio en el que había crecido, el edificio que llevaba toda su vida adulta intentando comprarle a James Dunmore. Y a la derecha estaba su futuro: el ático en el que vivía con Daisy. Y, lo mirase como lo mirase, necesitaba uno para conseguir el otro.

No se estaba arrepintiendo de haber coaccionado a Daisy para que se casase con él, se estaba replanteando la idea. Había pensado que sería más sencillo hacerla cooperar.

Pero al recordar la expresión que había puesto

cuando él le había propuesto llevarla a la ópera, no pudo evitar sentir enfado. No tenía que haberle dado ninguna opción, pero, llevado por la inexplicable necesidad de hacer que su relación fuese más natural, más espontánea, había bajado la guardia.

O, más bien, se había dejado manipular.

Apretó los dientes. Mucho tiempo atrás, había jurado que no volvería a ser vulnerable, que no sería como su padre, un hombre que se había pasado toda la vida intentando, sin éxito, complacer a una mujer.

Rolf había roto sus propias reglas.

Y la culpa solo la tenía él.

Daisy tenía la mirada dulce y unas curvas muy seductoras, pero también era una pesadilla. Era retorcida, obstinada, y no era de fiar. Y, todo aquello, sin tener en cuenta que era actriz, por lo que podía transformarse en distintas personas. Tan pronto era una reina guerrera, plantándole cara en su despacho, como se dormía en su sofá como una niña cansada.

¿Iba a casarse con todas ellas o solo con una?

Oyó que se abría la puerta de su despacho. El aire se espesó a su alrededor y Rolf supo, sin mirar, que se trataba de Daisy.

La luz que entraba por la ventana iluminó su rostro y a Rolf le sorprendió su luminosa belleza, pero no tanto como para romper el silencio que reinaba en la habitación.

–Me ha dejado pasar el portero –anunció ella, sonriendo con tensión–. Me ha reconocido de la otra noche.

Rolf asintió.

Ella se mordió el labio inferior.

–Si quieres, puedo marcharme... –balbució.

Él la observó. Era una Daisy diferente, otra vez, su actitud no era desafiante, ni temerosa, sino más bien aprensiva.

–¿A qué has venido?

–Son casi las tres.

Daisy tragó saliva.

–Y casi no has desayunado –añadió–. Y como tampoco has venido a comer, te he traído algo de comida.

Levantó una bolsa de papel marrón.

Buscó sus ojos y Rolf se dio cuenta de que estaba preocupada, preocupada por él, y aquello lo sorprendió.

–Es pizza. Cuatro quesos con aceitunas. Y también una margarita –le dijo ella–. Me he acordado.

Dejó la bolsa en el suelo y retrocedió.

–Lo dejaré aquí y si tienes hambre después...

–¿Quieres que comamos aquí o en la sala de juntas?

Al final decidieron quedarse allí, en su despacho, sentados en el sofá, con las cajas de las pizzas entre ambos.

Charlaron de cosas sin importancia, de nada personal, de comida y de Nueva York. La tensión de los últimos dos días parecía haber desaparecido. Al final, Rolf tomó las cajas vacías, las dobló por la mitad y las volvió a meter en la bolsa.

–Tengo la sensación de que es la mejor pizza que he comido nunca. ¿Dónde la has comprado?

Aquello la alegró. La relación entre ambos era mucho más fluida, casi normal.

–Hay una pizzería familiar estupenda cerca de casa de David.

Rolf frunció el ceño.

–El apartamento de tu hermano está bastante lejos de aquí.

–Supongo que sí, pero como había salido a dar un paseo...

Después de que Rolf se marchase, Daisy se había quedado demasiado enfadada y confundida como para sentarse. Así que había empezado a ir y venir por el piso, como un animal enjaulado. Después de una hora más o menos había conseguido parar y sentarse.

Se había sentido triste. Y culpable. Por haber rechazado la invitación a la ópera de Rolf, cuando él había querido agradarle.

Cambió de postura, incómoda, en el sofá.

–Siempre salgo a pasear cuando estoy disgustada. Cuando necesito pensar –le explicó–. Es que todo esto... nosotros, es más difícil de lo que pensaba. Y me parece que todavía va a ser más duro cuando empecemos a mentirle a la gente. Me refiero a mis padres y a David... pero ese es mi problema, no el tuyo...

–Eso lo convierte también en el mío.

Hubo un momento de silencio.

–¿Te preocupa que yo no les parezca bien?

Daisy lo miró con incredulidad.

–No, lo que me preocupa es que les gustes. Sé que van a estar felices por mí, y no me lo merezco. Me hace sentirme cruel.

–No eres cruel. Estás aquí por tu hermano. Eso te

convierte en una persona leal. Y fuerte. Hay que ser muy valiente para hacer lo que estás haciendo.

Ella se preguntó si aquello sería un cumplido. Lo miró, confundida.

–O muy idiota.

–Yo no pienso que seas idiota.

Daisy hizo una mueca.

–En mis notas siempre ponía *Necesita Mejorar*.

–Eso tiene más que ver con tu actitud que con tu aptitud.

Rolf le hablaba en un tono extrañamente amable, Daisy lo miró y vio que su expresión era relajada.

–Tal vez un poco –admitió–, pero el inteligente siempre ha sido David. Él es un genio en matemáticas y en ciencias, pinta muy bien... y le gusta la ópera.

Daisy se sintió culpable al hacer el último comentario.

–Quizás debería de haberlo invitado a él.

Ella se aclaró la garganta.

–Con respecto a eso... Mi comentario ha sido de mala educación e innecesario. Lo siento.

Hubo un breve silencio y entonces Rolf comentó:

–Supongo que tuviste una mala experiencia con *El anillo del nibelungo*.

–¿El qué?

–*El anillo del nibelungo*, de Wagner. Dura unas quince horas. Pensé que podía ser el motivo por el que odias la ópera.

–¿Era eso lo que íbamos a ir a ver?

Él negó con la cabeza y sonrió. Daisy pensó que era una sonrisa dulce, irresistible, tanto que se le olvidó al instante su tristeza y su confusión.

–No. No le haría algo así ni a mi peor enemigo.

–Bueno, pues gracias de parte de tu peor enemigo –respondió ella.

Rolf dejó de sonreír.

–Tú no eres mi peor enemigo.

Daisy lo miró a los ojos.

–Pero... me odias... –dijo con voz temblorosa.

Él se inclinó hacia delante y le tocó la mejilla.

–No te odio –le aseguró en voz baja.

Ella tenía el corazón acelerado. Dio gracias de estar sentada, porque se le habrían doblado las rodillas de haber estado de pie.

Rolf trazó la línea de su mandíbula con cuidado. Y ella se quedó inmóvil, en silencio, hipnotizada con la ternura de su caricia y con su brillante mirada.

Se le secó la garganta y tuvo que tomar aire.

–Yo tampoco te odio.

De repente, sintió que no podía tenerlo tan cerca y no tocarlo ella también, así que alargó una mano y la apoyó en su brazo. Tenía la piel suave y caliente, el brazo muy fuerte, duro, pero fue su boca, su bonita boca, la que hizo que Daisy se estremeciese por dentro.

Se obligó a respirar.

–No he traído postre.

Se miraron a los ojos en silencio. Y entonces Rolf bajó la vista a su reloj y dijo:

–Es tarde. Deberíamos marcharnos a casa.

En el pasillo, mientras esperaban el ascensor, Daisy notó que volvía a mirarla fijamente.

–¿Qué ocurre? ¿Se te ha olvidado algo?

–No.

Ella volvió a sentir otra vez la misma tensión, la misma indecisión.

–Gracias por la pizza. Ha sido divertido –dijo Rolf con el ceño fruncido. Se aclaró la garganta–. Solo quiero que sepas que no solo sugerí que fuésemos a la ópera porque tengo un palco.

Daisy supo que había en sus palabras algo más, y deseó preguntarle, pero en vez de eso se limitó a tomar su mano.

–Y yo quiero que sepas que no tienes que preocuparte, que podemos hacer que esto funcione.

Sintió su sorpresa y se preparó para que Rolf la rechazase, pero un segundo después estaba agarrando su mano y, así, juntos, entraron en el ascensor.

Tal vez aquel no fuese un final feliz, pero al menos era una tregua.

Capítulo 5

BUENOS días, señorita Maddox. Me llamo Kate y voy a ser su esteticista personal esta mañana.

Daisy levantó la vista y sonrió a la joven delgada que tenía delante. En alguna ocasión había ido a hacerse una manicura o una limpieza facial, pero el Tahara Sanctuary era uno de los spas más exclusivos de Nueva York. Allí todo era sofisticación y lujo. De hecho, hasta tenía su propia sala de relajación.

Hora y media después, había empezado a entender por qué la gente rica siempre parecía tan relajada. Después de la exfoliación con sal y aceite de menta y la limpieza a base de hierbas, estaba disfrutando de su primer masaje corporal completo y ya podía notar cómo el estrés iba desapareciendo bajo las expertas manos de Kate.

Contuvo un bostezo, cerró los ojos y oyó que llamaban a la puerta. De repente, algo cambió en el ambiente y Daisy se puso tensa.

–Ah, señor Fleming –dijo Kate alegremente–. Me alegro de verlo de nuevo.

Daisy abrió los ojos y le dio un vuelco el corazón al oír contestar a Rolf:

–Yo también me alegro de verte, Kate.

Daisy fue consciente de que solo llevaba puestas unas braguitas y la toalla que la cubría de cintura para abajo.

Desde que habían cesado las hostilidades con Rolf, algo más de una semana antes, Daisy había empezado a disfrutar. En parte, porque había dejado de sentir que ser feliz implicase estar traicionando a David. Y, en parte también, porque era difícil resistirse a aquella nueva vida. No obstante, la principal razón era que la relación que tenía con Rolf estaba siendo, con diferencia, la más sencilla de su vida.

No porque él hubiese mantenido su palabra de dejar de provocarla. Ni porque fuese inteligente, sofisticado y guapo, aunque aquello ayudase. En realidad, era la primera vez que se sentía libre de ser ella misma con un hombre. Con Rolf, no tenía que preocuparse por su corazón ni por su futuro. Podía relajarse y disfrutar del viaje.

Aunque aquella teoría sonaba mucho más convincente no estando tumbada en una camilla, casi desnuda, delante de él.

Sintió un escalofrío y supo que Rolf estaba pasando la vista por su espalda. Contuvo el impulso de subir la toalla para taparse y dijo, intentando hablar con naturalidad:

–No sabía que fueses a venir.

Ya lo había hecho. Se había metido en el papel. Los empleados que Rolf tenía en casa ya los habían visto juntos, pero que Kate estuviese presente hacía aquello más real.

–Ya me conoces, cariño. Siempre me dejo llevar por los impulsos. Espero que no te moleste.

Ella levantó la cabeza lentamente.

Tenía a Rolf delante, mirándola de manera burlona, divertida. Y Daisy se preguntó, nerviosa, qué hacía allí.

–En absoluto.

–Excelente. En fin... estás en buenas manos.

Daisy notó cómo la joven esteticista se ruborizaba a su lado. Sin embargo, Rolf solo la miraba a ella, como si estuviesen a solas.

Hizo un esfuerzo para mirar a Kate y decirle:

–Unas manos estupendas. Estoy completamente relajada.

–Me alegro, porque sé que últimamente has estado un poco estresada.

–Un poco –respondió–, pero es que tenía muchas cosas en mente.

–Muchos de nuestros clientes sufren de estrés –comentó Kate–. Dolores musculares, dificultad para respirar bien, dolor de cabeza, insomnio... incluso puede causar la pérdida de la libido.

–¿De verdad? –preguntó Rolf–. Pues no queremos que ocurra eso, ¿verdad, cariño?

El calor y el perfume de la habitación estaban empezando a subírsele a la cabeza, pero aquel no era el motivo por el que el cerebro de Rolf estaba funcionando a medio gas.

Se preguntó, aturdido, qué hacía allí.

Vio cómo se dilataban las pupilas de Daisy y sintió deseo, supo que tenía delante la respuesta a su pregunta.

Se suponía que en esos momentos tenía que estar en una videoconferencia, pero cuando volvía hacia el despacho había visto la moto de un repartidor de pizzas y había pensado en Daisy. Casi sin darse cuenta, le había pedido a su chófer que lo llevase al spa.

Se aseguró que había necesitado verla. Para avisarla de que había una fiesta, y para darle tiempo de hacerse a la idea. Al fin y al cabo, aquella noche sería su primera aparición pública juntos.

Se sintió más tranquilo y sonrió.

–Tal vez debería aprender a relajarte. Podría aprender a dar masajes.

Daisy se quedó de piedra, sin aliento.

Pero consiguió sonreír y contestar.

–Sería todo un detalle por tu parte, pero no hace falta, cariño, Kate ya se ocupa de mí.

–Sí –murmuró él–, pero ella no te conoce como te conozco yo. No sabe cuáles son tus puntos débiles.

Paseó la mirada por su espalda desnuda.

–De hecho, ¿sabes qué? Que creo que voy a terminar el masaje yo.

Daisy se puso tensa y Kate salió de la habitación.

–No pienso que... –empezó, pero se quedó callada al notar las manos calientes de Rolf en su espalda.

De repente, notó que se relajaba de verdad, que se quedaba además sin fuerza de voluntad.

–Mantequilla de mandarina. Suena delicioso –comentó él, tomando un frasco–. Al parecer, pone el cuerpo en un estado de euforia. ¿Por qué no?

Daisy se estremeció mientras él le masajeaba los hombros con suavidad y firmeza al mismo tiempo.

La mantequilla se derritió sobre su piel y ella se derritió por dentro.

«No te quedes ahí», le dijo su vocecita interior. «Levántate. Dile que se marche. Dile que deje de tocarte».

Pero no pudo, solo pudo bajar la cabeza y cerrar los ojos.

No hacía falta que Rolf aprendiese a dar masajes, pensó aturdida, ya sabía cómo tocarla. Y dónde...

Rolf clavó la vista en la curva de la espalda de Daisy... y se excitó.

Había pensado encontrarla haciéndose un tratamiento de belleza, no tumbada en una camilla, medio desnuda.

Era tan bella... la deseaba tanto...

No pudo evitar alargar las caricias y bajar más...

–¡Rolf! –protestó ella con la voz ronca, presa del deseo.

¿A qué demonios estaba jugando?

A él le dio un vuelco el corazón. Le ardía la sangre en las venas, tenía todo el cuerpo tenso del deseo, como un adolescente, y la culpa era suya y solo suya. La había deseado nada más verla. Y, como con cualquier otra mujer en su vida, había dado por hecho que llevaba las riendas de la situación.

Pero al entrar allí no había podido controlar la atracción.

–Tal vez ya sea suficiente euforia por hoy –dijo–. Salvo que quieras que te dé un masaje también en la parte delantera.

Posó la mirada en su rostro y ella lo miró fijamente, como hipnotizada.

Se preguntó si Rolf se había dado cuenta de que había gemido su nombre, y se respondió a sí misma que por supuesto que sí.

Por eso no podía permitir que la volviese a tocar, aunque ya fuese demasiado tarde para lamentarse.

Consciente de que Rolf seguía mirándola, y con la esperanza de que no supiese lo mucho que deseaba que la siguiese tocando, apretó los dientes y esbozó una sonrisa tensa.

–Creo que paso –respondió, mirando hacia la puerta–. Kate debe de estar a punto de volver. Me va a hacer un tratamiento facial.

Según Kate, iba a limpiar su piel de toxinas. Se le encogió el pecho. Deseó que Kate también fuese capaz de purgar su cuerpo de aquella atracción sexual, tan tonta e inapropiada, que sentía por Rolf. Aunque estuviese segura de que no iba a ocurrir nada entre ambos. Había accedido a establecer una tregua, pero eso no significaba que fuese a acostarse con él.

Estaba segura de que eso sería un error y ya había cometido suficientes. Tal vez, si su situación hubiese sido distinta, habría considerado explorar la química que había entre ambos, pero no podía olvidar que Rolf la había chantajeado. Además, no podía hacer nada que pusiese en peligro la cordialidad que reinaba entre ambos.

Por lógica, tenía que controlar sus hormonas.

E intentar no sentir nada por él.

Sintió un repentino deseo de marcharse de allí, de escapar de la desestabilizadora presencia de Rolf.

Con las mejillas ardiendo, agarró la toalla y la levantó para taparse.

–De hecho, yo creo que debería ir a buscarla. ¿Te importa pasarme el albornoz?

Él se lo tendió mientras sus ojos verdes brillaban divertidos.

Daisy intentó ponérselo lo más rápidamente posible.

–Relájate –le dijo Rolf–. No suelo abalanzarme sobre las mujeres. Tengo una reunión con mi director financiero y, por mucho que quiera, no puedo faltar. He venido a comentarte que ha habido un cambio de planes.

Ella se bajó de la camilla, desconcertada por el repentino cambio de tema de conversación. Por supuesto, había ido a verla por un motivo, Rolf era un hombre de negocios.

–¿Por qué un cambio de planes? –le preguntó.

–Vamos a salir esta noche –dijo él en tono frío–. Vamos a ir a una galería de arte. Había venido a informarte, pero me he distraído un poco.

Ella asintió, pero no pudo evitar sentir resentimiento. Rolf daba por hecho que ella no tenía otros planes, que podía acomodarse a su agenda.

–La limusina nos recogerá a las siete. Tienes tiempo suficiente para prepararte.

Habló como si estuviese hablando de la logística del día con su chófer, Kenny, y ya estaba casi en la puerta cuando Daisy le preguntó:

–¿Esta noche?

Él asintió.

–Es una exposición. Soy uno de sus patrocinadores y hay una fiesta.

Daisy lo miró horrorizada.

–¿Qué hay de mis padres y David? No saben nada.

–No te preocupes, es una galería de arte pequeña, no creo que salgamos en las noticias.

Ella levantó la barbilla.

–Pero si dijiste que no estaríamos preparados hasta dentro de una semana...

Rolf clavó la vista en sus mejillas encendidas.

–Yo creo que estamos preparados.

Daisy lo miró a los ojos, todavía estaba excitada. Así que, sí, estaban preparados.

Aunque eso daba igual, pensó mientras la puerta se cerraba tras Rolf. De cualquier modo, iban a ir a esa fiesta.

¡Dos minutos más y empezaría el espectáculo!

Daisy miró la pantalla de su teléfono y sintió nervios. Se estremeció involuntariamente.

–¿Tienes frío?

Giró la cabeza y miró a Rolf. Casi se le había olvidado que estaba allí, algo increíble, teniendo en cuenta que estaba sentada a su lado, en su limusina. Pero le ocurría siempre antes de una actuación.

Sacudió la cabeza.

–No, son solo nervios. Siempre me pongo así...

–¿Tienes miedo?

–Sí –admitió ella, suspirando–, pero así debe ser. Aunque suene raro.

Él alargó la mano y la puso sobre la suya.

–El miedo es importante. Nos avisa del peligro.

A ella se le encogió el corazón. Si era así, ¿por qué no apartaba la mano de Rolf? ¿Por qué no se escondía en el maletero? ¿O en cualquier otro lugar en el que no estuviese él?

Lo miró y se quedó sin respiración. Teniéndolo tan cerca, su belleza era casi intimidante. Era tan perfecto, tan elegante, tenía unas pestañas tan largas. El traje oscuro acentuaba sus anchos hombros y la camisa amarillo claro hacía que sus ojos verdes brillasen todavía más de lo normal.

Sonrió y se giró hacia la ventanilla para alejarse de la impresionante simetría de su rostro.

Se sentía confundida. Rolf era el malo de la película, no tenía que gustarle. Y eso era fácil cuando se comportaba de manera despiadada y fría, pero mucho más complicado cuando le tomaba la mano así. También era difícil fingir que a ella no le gustaba formar parte de aquella bonita pareja.

Espiró. Todo había sido mucho más fácil cuando habían estado en guerra. En esos momentos cada vez se sentía menos segura de sí misma, sobre todo, teniéndolo tan cerca.

Rolf la agarró por la muñeca.

–Tienes el pulso acelerado –comentó en voz baja.

–Es porque no estoy respirando como debo –respondió ella enseguida–. Necesito más oxígeno.

–¿Una clase de ciencias de camino a la galería? ¿Qué más me vas a enseñar?

–Estoy segura de que no necesitas que yo te enseñe nada.

Él la miró a los ojos.

–Apuesto a que eso se lo dices a todos.

–La verdad es que no. Solo a ti.

Rolf sonrió.

–Estás nerviosa. ¿Qué puedo hacer para ayudarte?

Ella lo miró con exasperación.

–¿Tú? ¿Qué vas a hacer? Si eres el causante de mi nerviosismo.

Él se quedó en silencio, inmóvil. Daisy tragó saliva, notó que le ardían las mejillas.

–¿Te pongo nerviosa?

–Tú, no. Esto. Nosotros –le respondió–. Quiero decir, tener que aparecer en público contigo. A ti te puedo manejar.

¿A quién pretendía engañar? Podía manejar a Rolf lo mismo que a un león recién escapado de su jaula.

Lo miró a los ojos y deseó no haberlo hecho, porque vio que esbozaba una sonrisa.

–¿De verdad?

Daisy se ruborizó. Por suerte no le daba tiempo a responder a la pregunta porque el coche acababa de detenerse delante de un enorme edificio gris. Un montón de fotógrafos se acercaron y los flashes de sus cámaras brillaron contra el cristal de la ventanilla de la limusina.

Dentro de la galería reinaba el silencio y la tranquilidad. Un pianista tocaba temas conocidos de jazz y hombres y mujeres impecablemente vestidos paseaban en parejas o en grupos, copa de champán en mano, y se iban parando para ver los cuadros.

Hasta que ellos entraron y Daisy tuvo la sensación de que todo el mundo los miraba.

–Relájate. Estás preciosa –la tranquilizó Rolf, apretándole la mano.

Ella bajó la vista a su vestido azul marino.

–¿No es demasiado?

–Si fuese menos, no creo que yo pudiese ser responsable de mis actos –respondió él, sonriendo–. No te preocupes por los demás. Solo sienten curiosidad, pero no muerden.

–Así dicho, parece que hablas de corderitos.

–Pues hay cierto parecido, ahora que lo mencionas.

A pesar de los nervios del principio de la velada, a Daisy le resultó sorprendentemente fácil sentirse segura con Rolf agarrándola por la cintura. Más complicado fue recordarse a sí misma que aquello era solo una farsa.

Aunque nadie pareció darse cuenta. Ella sonrió, asintió y participó en conversaciones triviales, pero en lo único que pudo pensar fue en la reacción de su cuerpo al tener a Rolf tan cerca.

Pensándolo bien, aquello no estaba tan mal. Se suponía que tenía que actuar como si estuviese locamente enamorada de él. Y así lo hizo, se inclinó sobre su cuerpo y apoyó una mano en los fuertes músculos de su pecho.

–¿Damos una vuelta? –le preguntó en voz baja.

A pesar de no saber nada de arte, los cuadros le parecieron interesantes y muy bonitos. Uno en particular.

–Increíble, ¿verdad?

Una señora mayor se había detenido a su lado y observaba el cuadro con mirada crítica.

Daisy asintió.

–Son todos increíbles, pero yo solo compraría este.

En sus sueños, por supuesto, porque, según el catálogo, costaba más de todo lo que había ganado el año anterior.

La otra mujer le tendió la mano.

–Soy Bobbie Bayard.

–Daisy Maddox –respondió ella.

–¿Qué Maddox? ¿Los ganaderos o los banqueros?

Daisy la miró confundida.

–Ninguno de los dos –respondió Rolf en su lugar, agarrando a Daisy de la mano mientras saludaba a la otra mujer con dos besos en las mejillas–. No procede de ninguna de esas dos familias, Bobbie, así que ya puedes dejar de indagar.

–Me alegro –respondió Bobbie sonriendo–. Porque esas familias son como yo. Viejas y marchitas.

Rolf sacudió la cabeza.

–No le hagas caso, Daisy –le dijo él–. Bobbie está estupendamente. Hace tres días estaba en primera fila en la Fashion Week de Nueva York. Y tiene un sexto sentido cuando se trata de nuevos artistas.

–Tu chica también tiene buen ojo –comentó Bobbie, mirando a Daisy antes de dirigirse hacia el siguiente cuadro.

«Tu chica», pensó Daisy.

Entonces levantó la vista y vio que Rolf la estaba mirando fijamente.

–¿Por qué te gusta este cuadro? –le preguntó él.

A Daisy se le aceleró el corazón, volvió a mirar el cuadro.

–No lo sé. Hace que me sienta como si me estuviese ahogando, pero no de un modo negativo, sino como si no tuviese que luchar más.

En realidad, decirle aquello a Rolf con tanta espontaneidad le hacía sentirse extrañamente vulnerable.

–Entonces, tal vez no debieses hacerlo. Luchar más.

Ella lo miró en silencio, sintió que el resto de las personas de la galería desaparecían a su alrededor y se sintió como en el spa. Tuvo la sensación de que estaban los dos solos.

Rolf la miró fijamente.

–Tal vez deberías dejarte llevar...

–Dime, Rolf, ¿cómo os conocisteis?

Era Bobbie. Él giró la cabeza y Daisy lo agarró del brazo.

–Buena pregunta.

La miró aturdido, intentando recordar, buscando la respuesta que habían acordado juntos, pero no la encontró. Se le había quedado la mente en blanco.

–No... no estoy seguro –admitió–. ¿Fue en el trabajo?

Tuvo la sensación de que la habitación menguaba a su alrededor.

–Sí –añadió Daisy con voz firme, sonriendo a Bobbie con toda tranquilidad–. Rolf intenta ser discreto porque sabe que no me gusta que todo el mundo sepa que soy camarera, pero eso estaba haciendo exactamente el día que nos conocimos. Yo cometí una estupidez y él encontró la manera de arreglarlo, pero lo más curioso era que ya nos habíamos visto antes.

Él la miró y recordó la historia que habían preparado.

–Sí. Es cierto. En una obra de teatro. En realidad, Daisy es actriz.

Ella puso los ojos en blanco.

–Es cierto, en realidad soy actriz. Y, sí, estaba haciendo una obra, pero nada de lo que me pueda enorgullecer.

–No estaba tan mal –dijo él.

Daisy lo miró y notó que se ponía tensa y se le cortaba la respiración. La estaba mirando de una manera tan protectora que ella tuvo que recordarse a sí misma que en realidad nunca la había visto actuar.

–No pasa nada, no hace falta que...

–Claro que sí.

Ella lo miró a los ojos en silencio, hipnotizada, fascinada.

–Lo hiciste muy bien, mejor que bien. Conseguiste que todo el mundo se creyese el personaje.

Un rato después, Daisy recordó aquellas palabras y pensó que él sí que era buen actor. Todo el mundo creía en él, y todos querían que Rolf creyese en ellos.

Y a Daisy no le extrañaba, porque, aun rodeado de gente con glamour, Rolf destacaba por ser tan guapo como una estrella de cine, por su carisma y aplomo.

De repente, levantó la vista y la clavó en la suya, y a Daisy se le aceleró el pulso mientras veía cómo Rolf se disculpaba y atravesaba la sala.

–¿Ya has visto suficiente?

Por un instante, Daisy pensó horrorizada que se refería a que lo había estado mirando fijamente a él, pero entonces su cerebro se puso a funcionar y se dio cuenta de que se refería a los cuadros.

Se encogió de hombros.

–Supongo que sí, pero no me importa quedarme un rato más, si tú quieres.

Él puso un dedo en su barbilla y la obligó a levantar el rostro.

–Lo que quiero es estar a solas contigo –le dijo en voz baja.

Y sonrió, se acercó más y la besó.

A su alrededor, los murmullos bajaron de volumen, se acallaron, pero Daisy casi ni se dio cuenta. Cerró los ojos, sintió que se le encogía el estómago y respondió al calor de sus labios y de su cuerpo pegado al de ella. Se aferró a su camisa y lo acercó más, lo besó.

«Es solo un trabajo», se dijo, aturdida. «Eres una actriz profesional haciendo un papel y esto forma parte de la actuación».

Pero al apoyar las manos en su fuerte pecho supo que, en realidad, eso no formaba parte del espectáculo. Tenía la sensación de que era real, peligrosamente real.

No obstante, no tuvo tiempo de procesar aquello. Rolf interrumpió el beso de repente y ella abrió los ojos y se vio reflejada en los de él. Pequeña, inmóvil, perpleja.

Por un instante tuvo la sensación de que la expresión de Rolf cambiaba, pero estaba demasiado preocupada con su propia reacción como para estar segura. Y entonces él la apretó contra su cuerpo y la llevó hacia la puerta.

Una vez en casa de Rolf, las luces del salón eran tenues y había una botella de champán puesta a enfriar.

Al ver su expresión, Rolf arqueó una ceja.

–No sabía cómo iba a ir la velada. Y, en cualquier caso, el champán me parecía buena idea. Ven.

Descorchó la botella, llenó dos copas y le tendió una a Daisy.

–Por nosotros.

–Por nosotros –lo imitó ella con el corazón en un puño, recordando el beso de la galería de arte–. ¿Estás satisfecho con cómo ha ido la noche?

–Mucho. Ha salido perfecto. Lo que me recuerda...

Miró más allá de donde estaba ella y Daisy se giró y vio que había un paquete envuelto en papel marrón.

–Tengo algo para ti. Un regalo.

Ella se quedó sin habla, sorprendida, con la mirada clavada en el paquete.

–¿No vas a abrirlo? –le preguntó Rolf con impaciencia.

–Sí. Por supuesto –balbució ella.

Dejó la copa y rompió el papel. Era el cuadro que le había gustado de la exposición.

Lo miró confundida.

–Yo no...

Rolf frunció el ceño.

–¿No te gusta?

–No, no, claro que me gusta, pero no puedo aceptarlo...

Sobre todo, sabiendo lo que costaba, pero le pareció de mala educación hablar de dinero.

Él se encogió de hombros.

–¿Por qué no? Te gusta y yo quiero regalártelo.

Daisy tragó saliva. Así dicho, parecía fácil. Muy tentador. Levantó la vista y se perdió en la profundidad verde de su mirada.

–En ese caso, gracias –respondió, sintiéndose de repente ligera, contenta–. No sé qué más decir.

Rolf la miró en silencio.

Desde que había dejado a Daisy en el spa no había podido dejar de pensar en ella. O, más concretamente, en hacerle el amor. Y en esos momentos por fin estaban a solas y le parecía que aquella era la mejor idea que había tenido jamás. Eso crearía un vínculo entre ambos que le daría más credibilidad a su relación y, además, resolvería el problema de la frustración que él llevaba sintiendo desde que la había besado por primera vez en su despacho, casi dos semanas antes.

Era cierto que Daisy compartía muchos de los defectos de su madre, pero entre ambas había una diferencia crucial. Alice Fleming había tenido poder sobre él, había sido su madre y, por lo tanto, él la había querido. Sin embargo, no quería a Daisy, así que no tenía por qué haber ningún riesgo.

Tuvo la sensación de que el aire se espesaba a su alrededor.

Alargó la mano y la posó bajo su barbilla.

–Entonces, no digas nada –murmuró.

Daisy estaba temblando, derritiéndose por dentro, acalorada. Entonces Rolf clavó la vista en sus labios y ella tuvo la sensación de que nada importaba, salvo la tempestad que se estaba despertando en su interior.

Se puso de puntillas y pasó la lengua por sus labios.

Sabía a champán y a hielo.

Y a peligro.

Rolf era delicioso. Embriagador. El cóctel perfecto.

A ella le daba vueltas la cabeza y tomó aire.

–Bésame –le pidió–. Bésame ahora mismo.

Rolf la miró, todo su cuerpo estaba agitado, tenía calor. A Daisy le brillaba la mirada, su dulce rostro le resultó irresistible.

No tuvo elección, se inclinó hacia delante y la besó apasionadamente. Al momento estaba perdido en el calor y la suavidad de sus labios. Notó que lo agarraba con fuerza por los brazos y se excitó todavía más.

–Daisy, espera...

Apartó los labios de los suyos, intentando ir más despacio. Gimió.

–Espera, cariño –le dijo, intentando pensar en lo que le quería decir–. Si no, no voy a poder aguantar hasta que lleguemos arriba.

Sintió que el cuerpo de Daisy se ponía tenso, vio aprensión en su mirada.

–¿Para qué tenemos que ir arriba?

A él le costó respirar con normalidad.

–Porque hay más intimidad –le respondió, mirándola y dándose cuenta de que la intimidad no le importaba lo más mínimo.

Solo le importaba el calor y la dulzura de su cuerpo.

–Pero podemos hacer lo que tú quieras –le respondió a Daisy–. Donde tú quieras...

Capítulo 6

LO QUE tú quieras, donde tú quieras».

Daisy se quedó inmóvil, se imaginó a Rolf quitándose la camisa, abrazándola, mirándola con ternura...

Notó que el suelo se movía bajo sus pies y supo que estaba perdida. Lo deseaba tanto que casi no se tenía de pie.

No obstante, se preguntó qué pasaría si se dejaba llevar.

–No –murmuró, retrocediendo, sacudiendo la cabeza–. No podemos. No debemos. No está bien.

Rolf la miró en silencio. La repentina frialdad de su voz le hizo reaccionar. ¿De qué estaba hablando Daisy?

La confusión se convirtió en enfado.

–No entiendo el motivo –admitió–. Somos dos adultos que queremos tener sexo juntos.

A Daisy no le gustó la respuesta, pero le sostuvo la mirada. Rolf tenía razón. En ambas cosas. No obstante, y aunque su cuerpo le dijese lo contrario, ella sabía que aquello sería un error. Rolf lo sabía también, pero no quería oírlo.

Lo empujó a la altura del pecho.

–Tal vez eso sea suficiente para ti, pero para mí hay algo más, aparte del deseo y la edad.

–¿El qué? ¿El amor?

La frialdad de su tono de voz la dejó inmóvil.

–Soy un hombre de negocios, no una niña de catorce años. Y nos vamos a casar. ¿No te parece suficiente?

–Lo habría sido si yo quisiera acostarme contigo, pero es que no quiero.

Rolf sacudió la cabeza.

–Me estás mintiendo otra vez. Estás jugando.

Ella apretó los puños.

–Y tú me estás insultando otra vez.

–Dejaré de hacerlo cuando dejes de merecértelo. ¿No te parece justo?

Daisy estaba enfadada. Era cierto que había deseado a Rolf, que seguía deseándolo, pero le molestaba que él diese por hecho que iba a caer a sus pies o, más bien, en su cama.

–Me da igual lo que pienses –le replicó–. Ha sido solo un beso. Y que bese a un hombre no significa que quiera acostarme con él. En especial, cuando besarlo forma parte de mi trabajo.

Él tardó en responder, la miró en silencio, con el rostro cual máscara de bronce.

–¡Tu trabajo! –comentó en tono irónico–. Entonces ahora estabas haciendo horas extra, ¿no?

–No. ¡Ha sido un error!

Daisy estaba temblando de la ira. Por un instante, no pudo hablar. Estaba demasiado concentrada en odiarlo.

–Pensé que entenderías que estaba actuando, como hago con el resto de nuestra relación, pero me había olvidado de tu enorme ego.

Se giró y fue hacia la cocina.

Rolf la observó, enfadado.

Le estaba mintiendo a la cara. Dijese lo que dijese, había notado cómo respondía su cuerpo. Sabía que aquel beso había sido real.

Más que real.

Había sido un beso apasionado.

Pero Daisy estaba intentando tergiversar los hechos, fingir que él la había malinterpretado y que estaba equivocado.

Apretó los labios. Daisy se parecía a su madre mucho más de lo que se había imaginado.

Con el corazón acelerado, la siguió hasta la cocina.

Una vez allí, miró a Daisy y sintió que se le encogía el pecho. Cualquier otro hombre habría perdido la razón al ver la perfección de su rostro, pero él había crecido con una madre despiadada y manipuladora, así que había aprendido muy pronto que la belleza era algo superficial.

–Preocúpate menos por el tamaño de mi ego y más por tu falta de memoria –le advirtió.

–¿Qué quieres decir?

–Que teníamos un acuerdo. Tenemos un acuerdo. Hemos prometido ser honestos.

Ella lo miró a los ojos y se enfadó todavía más. Allí no estaban hablando de honestidad, sino de orgullo. De su orgullo masculino.

Se puso recta, se apoyó en la encimera y frunció el ceño.

–El que tiene problemas de memoria eres tú, Rolf. Yo te dije que nuestra relación no incluiría el sexo.

Él la fulminó con la mirada.

–Y, no obstante, me has pedido que te bese. ¡Me has pedido que te bese!

Juró entre dientes.

–¿Por qué te comportas así? Sé que me deseas, Daisy. Y yo te deseo a ti, como no he deseado jamás a otra mujer... No puedo dormir. No puedo trabajar. Me estoy volviendo loco...

Ella sintió un traicionero calor en la piel, se sintió hipnotizada por sus palabras, pero entonces se dijo que por supuesto que la deseaba, porque ella lo había rechazado. A los hombres como Rolf no les gustaba que nadie los frustrase.

–Me deseas porque no puedes tenerme –le dijo–. Nada más.

Hubo un largo silencio.

Por fin, Rolf tomó aire.

–Eso no explica que tú me hayas besado.

Ella no podía hablar, no quería responder a aquello, pero Rolf esperó y esperó. Y Daisy supo que iba a seguir esperando, no hasta que le diese una respuesta, sino hasta que le diese la verdad.

Así que bajó la vista y tragó saliva.

–Te he besado porque, por un momento, una parte de mí, la parte más estúpida, débil e irracional, la parte que más odio, ha querido tener sexo contigo –admitió.

–¿Y el resto?

Daisy frunció el ceño.

–¿Qué resto?

Levantó la vista y se dio cuenta de que el gesto de Rolf no era triunfante.

–Ya sabes, la parte de ti que admiras, la parte de ti que es inteligente, fuerte y racional.

Ella se sintió expuesta, vulnerable. Se encogió de hombros.

–Nuestra relación ya es lo suficientemente complicada. El sexo solo lo haría todo más difícil.

–No estoy de acuerdo. El sexo es sencillo. Son las personas las que son complicadas. Esperan demasiado. Pero tú y yo no tenemos que preocuparnos de eso.

Ella lo miró fijamente, con la boca seca, pensando que tenía razón.

–¿Sabes lo difícil que es encontrar una oportunidad así, Daisy? No deberíamos dejarla pasar.

El rostro de Rolf carecía de expresión, pero hubo algo en su voz que hizo que el cuerpo de Daisy reaccionase.

Solo sería sexo.

Nada más.

–Sé que lo sientes porque yo lo siento también –continuó él–. Yo también quiero lo que tú quieres.

Ella se estremeció.

–¿Qué es lo que quieres? –le preguntó con voz ronca, casi sin aliento.

–Quiero esto... –respondió Rolf, apoyando los dedos en su boca–. Y esto.

Se acercó más y le soltó la melena, hundiendo los dedos en su largo pelo rubio. Se quedaron mirándose a los ojos en silencio. Y entonces Rolf añadió:

–Y esto.

Y la besó apasionadamente.

Daisy se apoyó contra su cuerpo, se sintió aturdida, desesperada. No pudo pensar en nada más que en la firmeza de sus labios, en que deseaba sentirlo. Sentir su cuerpo, sentir su piel.

Pasó las manos por su camisa y vio, sorprendida, cómo él se las apartaba para desabrochársela lentamente. Lo miró en silencio. Era un hombre perfecto. Alargó la mano con cautela para tocar su estómago, pasando un dedo por los músculos del abdomen.

Él contuvo la respiración y Daisy lo miró y se dio cuenta de que estaba muy tenso.

–¿Estás segura? –preguntó–. Quiero que estés segura.

Daisy lo miró aturdida, con el pulso acelerado y todo su cuerpo vibrando de deseo.

–Lo estoy. Estoy segura. Quiero hacerlo.

Tragó saliva.

–Te deseo.

–Y yo a ti.

Rolf alargó las manos y las pasó suavemente por sus hombros, le bajó los tirantes del vestido con cuidado.

Y notó que se excitaba todavía más.

Daisy no llevaba sujetador.

La miró en silencio, asombrado de su belleza.

Entonces tomó un pecho con la mano, lo acarició, inclinó la cabeza y se lo llevó a la boca, notó cómo se endurecía. Después se incorporó y la besó en los labios mientras tiraba del vestido y lo hacía caer al suelo.

Daisy se estremeció.

–Rolf... –gimió.

Quería más.

Necesitaba más.

Lo abrazó por el cuello y se apretó contra su cuerpo. Le desabrochó el cinturón, el botón del pantalón y bajó la cremallera.

Rolf gimió y se apartó. Tenía el corazón a punto de salírsele del pecho, su cuerpo protestó. Deseaba a Daisy más que a ninguna otra mujer en el mundo, pero también quería demostrarle el poder que tenía sobre ella.

Y sobre él mismo.

Necesitaba demostrar que jamás se rendiría ante una mujer, en especial, una mujer tan bella y seductora como Daisy.

La agarró de las caderas y la sentó en la encimera. Le separó las piernas y apartó la fina tela de su ropa interior. Notó cómo ella se derretía contra sus dedos.

–Déjate llevar –le susurró contra los labios.

Daisy se estremeció. Todo su cuerpo se estaba deshaciendo bajo las caricias de Rolf, pero no era suficiente.

–No pares –le rogó, moviendo las caderas–. No pares...

Y entonces sus músculos se tensaron, arqueó la espalda y se abrazó a él, incapaz de pensar en cualquier otra cosa que no fuese en el calor que invadía todo su cuerpo...

Daisy bajó la vista al vestido de estilo vintage que se había puesto y se preguntó si era demasiado informal para la comida benéfica a la que iban a asistir. Posiblemente, pero no tenía tiempo para cambiarse.

La limusina no tardaría en recogerlos y no podían llegar tarde. Rolf era uno de los oradores invitados.

«Rolf».

Daisy sintió de repente que no podía respirar. Solo de pensar en su nombre se sentía aturdida. Aunque era evidente que él no tenía el mismo problema a pesar de lo que había ocurrido en la cocina. No parecía tener prisa en consumar su relación.

Ella se mordió el labio inferior. De hecho, la única muestra de debilidad que Rolf había mostrado había sido cuando ambos se habían dirigido a sus respectivos dormitorios y él había dudado un instante, la había apretado contra su cuerpo y le había dado un beso, como si no hubiese podido evitarlo.

Daisy se había quedado dormida mientras intentaba encontrarle una explicación a aquel comportamiento.

Por la mañana, había tenido la esperanza de que Rolf quisiese hablar, pero como se habían levantado tarde no habían tenido tiempo. Él había estado educado, pero extrañamente distante, teniendo en cuenta lo ocurrido entre ambos tan solo unas horas antes.

Ella se sentía confundida y bastante avergonzada.

Miró su reflejo en el espejo y respiró lentamente. Ya pensaría en aquello más tarde. En esos momentos tenía trabajo, así que se dio la vuelta y volvió al dormitorio.

–Estás guapa.

Se sobresaltó al oír la voz de Rolf desde la puerta de su habitación. La estaba observando, con su habitual expresión indescifrable.

–Me has asustado.

–Lo siento, aunque he llamado a la puerta.

–No te he oído –respondió ella–. Estaba cambiándome los zapatos. Me he puesto estos de tacón.

–Me gustan –admitió él–. Me gusta todo el conjunto. Estás muy guapa.

Ella sintió que se ruborizaba.

–Estupendo –le contestó, tomando el teléfono y mirando la pantalla–. Deberíamos marcharnos. Si no, vamos a llegar tarde.

Pero él no se movió.

–La verdad es que no. He llamado para decir que no íbamos a ir.

Aquello sí que era una novedad. Era la primera vez que anteponía su vida privada al trabajo. Y, sobre todo, la primera vez que cambiaba de planes por una mujer.

Lo había hecho casi sin pensarlo.

–No pareces contenta –añadió.

–¿No tenías que dar un discurso?

Él se encogió de hombros.

–Sí, pero siempre hay demasiadas personas que quieren hablar en esas comidas. Además...

Hizo un breve silencio.

–Prefiero hablar solo contigo.

A ella le dio un vuelco el corazón.

–De acuerdo –respondió, con el estómago encogido–. Aunque pensé que no íbamos a volver a discutir.

–Hablar no significa discutir.

Aunque eso era lo que habían hecho hasta entonces.

Rolf se sintió frustrado. No entendió por qué quería darle explicaciones a Daisy. Lo único que tenía que decirle era que iban a comer los dos solos, pero, de repente, deseó que ella lo prefiriese a comer rodeados de gente. Por algún motivo inexplicable, aquello le pareció más importante que hacer lo que él quería.

–Come conmigo. Por favor. Te prometo que no vamos a discutir. Solo quiero que hablemos.

Daisy lo miró fijamente. Parecía sincero. Y estaba muy guapo. La tensión que había en su interior se relajó un poco. Asintió lentamente.

–Será un placer.

Veinte minutos más tarde, la limusina los dejaba delante de un pequeño restaurante con la fachada verde desconchada.

Daisy vio el nombre encima de la puerta y se puso tensa. Había oído hablar de Bova's, pero jamás se había imaginado que comería allí. No era posible. Se suponía que era el restaurante más exclusivo de Nueva York, pero la fachada no daba esa sensación.

Se mordió el labio inferior.

–¿Es este el restaurante en el que ni siquiera los famosos consiguen mesa?

Él dudó un instante.

–Sí, pero es que yo conozco al dueño –respondió, tendiéndole la mano–. Ven. Vamos a comer.

En el interior el restaurante era todavía más pequeño de lo que parecía desde la calle. Solo había siete mesas, seis de ellas ocupadas.

–Espero que te guste la comida italiana –comentó Rolf mientras se sentaban–. Y no me refiero a la pizza.

Sonrió y Daisy vio diversión en su mirada. Aquello la hizo sentirse bien.

Le devolvió la sonrisa.

–Me encanta –admitió–. En especial, los postres.

Aquello pareció agradarle.

–En ese caso, tienes que probar los *cannolis*. Son sublimes.

Frunció el ceño.

–Tenía que habértelo advertido. Aquí no tienen carta. Si vienes con frecuencia, saben qué es lo que te gusta y te lo cocinan.

Un camarero se acercó a la mesa y Rolf se dirigió a él en italiano. Daisy sintió envidia.

–Espero que no te importe –le dijo entonces él–, pero me he tomado la libertad de pedir para los dos. Con otra persona no habría sabido por dónde empezar, pero contigo es diferente. Te conozco tan bien como a mí mismo.

–¿De verdad? –preguntó Daisy sorprendida.

–Bueno, debería. Ese es el motivo por el que hemos pasado tanto tiempo trabajando en nuestra historia.

Rolf sonrió de oreja a oreja y ella se preguntó cómo podía haber pensado que era especial para él.

–Seguro que estará delicioso.

Y entonces, todavía con el corazón acelerado, intentó sonreírle con frialdad.

–Estoy realmente emocionada. Aunque no como mucho. Nunca lo he hecho. Supongo que es probablemente porque trabajaba ayudando a mi padre y a mi madre en la cafetería.

–No te quejes del Love Shack.

–No lo hago. Es estupendo. Mis padres son estupendos. Les encanta lo que hacen y se quieren, de ahí el nombre del restaurante, el Love Shack.

Se interrumpió bruscamente. Su voz era demasiado forzada. No era el mejor momento para hablar de sus padres, mucho menos de su matrimonio perfecto, con su futuro falso marido.

Desesperada por cambiar de tema de conversación, miró a su alrededor.

–No es como me lo esperaba –admitió–. Es tan pequeño y...

–¿Normal y corriente? –le sugirió él. Su expresión era indescifrable, pero la estaba estudiando con la mirada.

Ella asintió.

–Podría ser un restaurante cualquiera –comentó, fijándose en los clientes–. ¿Es ese...?

Rolf se llevó un dedo a los labios.

–Sí. Su esposa es igual de famosa. Viven en Tribeca y vienen a comer aquí dos veces al mes.

–¿De verdad? –preguntó Daisy, sorprendida.

Rolf se encogió de hombros.

–Tienen la mejor cocina de la ciudad.

Ella asintió.

–¿Y tú también vienes a menudo?

–Un par de veces a la semana, casi todas las semanas.

El camarero volvió con agua y unas aceitunas y ella bajó la vista a los cubiertos mientras se preguntaba con cuántas mujeres hacía aquello al año, si iba allí varias veces por semana.

Frunció el ceño, de repente, su humor empeoró.

Pero ¿por qué? La vida privada de Rolf no era asunto suyo. No tenía por qué importarle su pasado. Ni tampoco debía importarle ser otra más.

Aquella era la ventaja de su relación, que podía controlar la situación y no implicarse emocionalmente en ella.

O eso era lo que se suponía que iba a hacer.

Contuvo la respiración al descubrir que no era lo que estaba ocurriendo. No pudo evitar sentirse mal.

–Estás muy callada –comentó Rolf, sacándola de sus pensamientos.

–Estaba pensando –respondió ella, esbozando una sonrisa tensa–. Estaba intentando hacer cuentas.

–No te preocupes, que voy a pagar toda la cuenta yo.

–No es eso.

–Entonces, ¿el qué?

–No importa –respondió ella, bebiendo agua–. De verdad.

Hubo un breve silencio. Rolf la miró, pensativo.

–De acuerdo, pero prométeme que, si en algún momento te preocupa, me lo contarás.

Daisy se quedó en silencio. Se imaginó que Rolf pensaba que estaba preocupada por la deuda de David, y daba la sensación de que eso le importaba, de que quería realmente ayudar.

Lo miró a los ojos y se preguntó si era verdad, o si estaba haciendo un papel.

–De acuerdo, te lo prometo.

–Bien. He pedido un Chianti para comer, ¿te parece bien?

A ella le sorprendió el repentino cambio de tema

de conversación y se dio cuenta de que estaban hablando con normalidad, casi como una pareja de verdad.

–Por supuesto. No sé mucho de vino. Normalmente, David lo compra y yo me limito a beberlo.

Rolf sonrió.

–Yo hago lo mismo con mi sumiller.

–¿Tienes tu propio sumiller?

–Por supuesto. Como todo el mundo, ¿no?

Daisy se echó a reír.

–¡Por supuesto! De hecho, debería hablar con el mío para estar segura de que aprueba tu elección.

A Rolf le brillaron los ojos.

–Te aseguro que he tomado la decisión correcta.

A ella se le cortó la respiración. Era evidente que Rolf se refería al vino, a la comida, o a ambas cosas, pero ella estaba aturdida, con el corazón acelerado, y no podía evitar desear que se estuviese refiriendo a ella.

Cuando por fin se tranquilizó un poco, le preguntó:

–¿Y cómo sabes que es el vino correcto?

–¿El vino? ¿Era de eso de lo que estábamos hablando?

La miró fijamente y ella se ruborizó, pero le sostuvo la mirada y asintió.

–Venga, cuéntamelo. Te prometo que no se lo diré a mi sumiller si tú no se lo dices al tuyo.

Rolf se rio suavemente y se inclinó hacia delante.

–De acuerdo... Digamos que... si la comida tiene muchos sabores, hay que combinarlos con algo rico y suave, y sexy...

Ella tragó saliva, de repente, se le había quedado la boca seca. Sintió hambre, pero un hambre que no podía saciarse con comida.

–Básicamente, tienes que confiar en el instinto.

Se giró y miró por encima de su hombro.

–Ah, estupendo. Estoy muerto de hambre.

Los camareros dejaron la comida encima de la mesa y Daisy recuperó el apetito.

Tal y como Rolf le había prometido, todo estaba delicioso. Empezaron con unas almejas rellenas, seguidas de raviolis con pera y ricota. Y el plato principal fue osobuco con vino blanco y limón.

Daisy se limpió los labios con la servilleta y dejó el tenedor y el cuchillo sobre el plato vacío.

–Ha sido perfecto.

–Me alegro de que te haya gustado.

Ella tomó aire y añadió:

–Entiendo que traigas aquí a todas tus novias.

Rolf se la quedó mirando.

–No traigo aquí a todas mis novias –le respondió–. De hecho, tú eres la primera.

A Daisy se le aceleró el corazón.

–Pero si has dicho que vienes dos veces por semana.

–Y es cierto, pero vengo solo.

Ella tragó saliva. Los hombres como Rolf no comían solos.

–No lo entiendo.

Él se encogió de hombros.

–Para mí es como estar en casa. Llevo comiendo aquí desde los trece años. El dueño, Joe, y su padre, Vinnie, me dieron mi primer trabajo.

–¿Qué hacías? –le preguntó ella con voz ronca.

–Primero, fregar platos. Después estuve de camarero. No era más que un camarero –repitió–. No se fiaban de mí en la cocina.

Ella asintió.

–Tenían razón. Te he visto incinerar tostadas, así que no te confiaría la ternera.

Él volvió a sonreír, pero en aquella ocasión, de verdad. Y a Daisy le gustó.

–¿Quieres probar los *cannolis*? –le preguntó él, haciéndole un gesto al camarero.

Ella negó con la cabeza.

–Sí, pero no puedo. Prefiero un café.

Llegó el café, con una pequeña caja de color verde oscuro.

Daisy hizo una mueca.

–¿Son bombones?

Rolf asintió.

–Pero son muy pequeños –añadió, sonriendo–. Toma uno.

Rolf le acercó la caja y ella suspiró y se rindió. Abrió la tapa.

–Es mejor que sean pequeños –dijo mientras tanto–. Si no...

Se interrumpió.

No eran bombones. Era un precioso anillo de diamantes y esmeraldas.

Se quedó inmóvil, hipnotizada, mirándolo.

–Espero que no te importe que le haya pedido ayuda a Joe.

Señaló hacia donde había un hombre corpulento y moreno que sonreía de oreja a oreja.

Ella levantó la vista e intentó encontrar las palabras adecuadas, pero, al parecer, su cerebro había dejado de funcionar.

–Sí, quiero decir, no... no me importa –consiguió contestar–. Rolf, es precioso. Me encanta.

–Trae. Déjame.

Daisy observó cómo Rolf se lo ponía en el dedo.

–Entonces, ¿quieres casarte conmigo?

Se lo dijo con voz dulce y cariñosa y, por un momento, a Daisy se le olvidó que aquello no era real. Se le olvidó que todo formaba parte de una farsa. Asintió lentamente.

–Pero ¿por qué aquí? ¿Por qué ahora?

Rolf se encogió de hombros.

–¿Por qué esperar? Quiero que todo el mundo sepa que vas a ser mi esposa.

No había planeado darle el anillo hasta más tarde, pero la noche anterior había cambiado todo. Daisy por fin había sido sincera con él, había admitido que lo deseaba.

Y él había pensado que el siguiente paso tenía que ser aquel. Con aquel anillo en el dedo de Daisy su inminente matrimonio parecería más real, y el momento en el que James Dunmore le vendiese el edificio estaría más cerca.

De vuelta en la limusina, Daisy no pudo dejar de mirarse el dedo.

–Relájate. No se va a marchar a ninguna parte.

Ella levantó la vista, Rolf la estaba mirando, pensativo.

–Lo sé. Solo lo estoy mirando –respondió–. Supongo que debería decírselo a mis padres y a David.

–Eso supongo yo también –respondió él–, pero espera un par de horas, hasta que nos hayamos hecho a la idea nosotros.

Rolf le tocó la mano y ella sintió un estremecimiento.

–Si hay que ajustarlo a tu dedo, dímelo.

Ella asintió.

–Sí. No quiero que se me caiga.

–Ni yo. Tiene que volver a la joyería dentro de un año.

Con la mirada puesta en el anillo, Daisy se sintió como si le acabasen de echar un jarro de agua fría por encima.

Unos minutos antes se había sentido como Cenicienta, pero en esos momentos se dio cuenta de que en realidad era la Bella Durmiente, pero el príncipe no la había despertado con un beso, sino que la había sacado de la cama dándole la vuelta al colchón.

Le dolía la cabeza.

Se dijo que aquello no era real. No estaban enamorados, toda su relación era mentira. Solo estaban juntos para convencer a Dunmore de que le vendiese un edificio a Rolf.

Pero en esos momentos nada de eso le importó. Seguía sintiéndose mal. Igual que cuando Nick había roto con ella. Y, antes de él, Jamie.

Había pensado que se querían. Se había equivocado. No habían sido los hombres adecuados para ella. No obstante, le había costado aceptarlo. En realidad solo había querido encontrar la complicidad que compartían sus padres.

Pero con Rolf todo era diferente. Con él había pensado que podría relajarse y no preocuparse por que le hiciesen daño.

Se le encogió el corazón.

Al parecer, había vuelto a equivocarse.

Apartó la mano lentamente y se la llevó a la frente.

–¿Qué ocurre?

–Nada. Me duele la cabeza. Supongo que por el vino de la comida. Es probable que se me pase si me acuesto un rato.

Rolf la miró en silencio. ¿Le dolía la cabeza?

Enfadado, bajó la vista al anillo de pedida. En el restaurante había tenido la sensación de que aquello era real. La comida, la conversación... Incluso le había contado que había trabajado allí, una información que no compartía con nadie. Pero Daisy volvía a mentirle. «Otra vez», pensó con incredulidad.

–Tal vez deberías limitarte a decirme la verdad –le dijo, sacudiendo la cabeza–. Que te gustaría no tener que devolver el anillo. ¿No pensarías que te lo ibas a quedar?

Por unos segundos, Daisy estuvo demasiado sorprendida para hablar. Después, empezó a sentir que se enfadaba.

–Sí, eso pensaba. Y también que me ibas a dar la mitad de tu piso –contestó–. No, Rolf, por supuesto que no pensaba eso. Ni siquiera había pensado en un anillo de compromiso. ¿Por qué iba a hacerlo? Tú dijiste que no íbamos a hacer público el compromiso hasta dentro de un par de meses.

–¿Pasa algo porque haya cambiado de opinión? Pensaba que a todas las mujeres les gustaba la espontaneidad.

Ella lo fulminó con la mirada.

–¿Y yo soy como todas? ¡Qué romántico!

Él la miró exasperado.

–Lo nuestro es un acuerdo comercial, no pretendo ser romántico.

–¡Estupendo! En ese caso, no necesito esto. ¡Toma!

Se quitó el anillo y se lo tendió.

Él no lo tomó. Su gesto se endureció. Pensó que era una persona irracional, una desagradecida. Tenía que haberlos lanzado a los lobos, a ella y a su hermano, pero, en vez de eso, le había dado una oportunidad. Como su padre.

Se inclinó hacia delante y golpeó la ventanilla que había detrás del chófer.

–¿Qué haces? –le preguntó Daisy.

–Salir. Necesito tomar el aire.

–No te puedes marchar. Tenemos que hablar.

El enfado de Daisy se estaba convirtiendo en confusión y miedo.

Pero el coche se detuvo y Rolf abrió la puerta con una expresión en el rostro que Daisy no podía descifrar.

–No tiene sentido –dijo–. No creo que tengamos nada más que decirnos.

Y antes de que a Daisy le diese tiempo a responder, Rolf estaba fuera del coche, desapareciendo entre la multitud, y el vehículo había vuelto a arrancar.

Capítulo 7

DE VUELTA en casa, Daisy miró a su alrededor en el salón, con las lágrimas que había contenido en la limusina ardiéndole en los ojos.

¿Qué había querido decir Rolf con eso de que no tenían nada más que decirse?

Aunque en realidad sabía lo que había querido decir.

Que aquello se había terminado.

Y que su hermano iba a pagar por lo que había hecho.

Empezó a darle vueltas a la cabeza, notó que le costaba respirar, como si hubiese estado corriendo.

Quería advertir a David. Necesitaba ser ella quien le contase el acuerdo al que había llegado con Rolf y cómo lo había estropeado todo. Se le encogió el estómago. Y con respecto a lo que ocurriría después...

Sintió pánico. Aturdida, se dirigió al piso de arriba. Haría la maleta y se marcharía.

Pero, si se marchaba, no habría vuelta atrás. ¿No debía intentar hablar con Rolf?

Vio en su mente su rostro frío, impávido, y le empezaron a temblar las manos. Se sentó en la cama.

Rolf no le podía haber dejado más claro que no tenía nada más que decirle.

Levantó la barbilla. Notó que se le tranquilizaba el corazón. En ese caso, sería ella la que hablase, aunque solo fuese para decirle adiós.

Al fin y al cabo, no era una cobarde. Y aunque sabía que había cometido errores, no iba a dar a entender que era más culpable de lo que en realidad era al huir.

Deseó que le dejasen de temblar las manos.

Bajó la vista a su regazo, donde las tenía apoyadas, y vio el anillo. Se lo quitó y lo dejó en la mesita de noche. Ya no lo necesitaba y, pensase lo que pensase Rolf, tampoco lo quería. Se sentía mal solo de mirarlo.

No obstante, decidió quedarse a plantarle cara. Mientras tanto, haría la maleta. Sobre todo, porque no podía quedarse sin hacer nada mientras Rolf llegaba.

Buscó la maleta y empezó a llenarla, casi sin pensar en lo que estaba metiendo. Estaba cerrándola cuando notó que cambiaba algo en el ambiente. Levantó la vista y vio a Rolf en la puerta, lo mismo que unas horas antes, cuando ella había intentado descifrar su humor. En esos momentos no necesitaba descifrar nada. Estaba furioso.

–Has vuelto –balbució Daisy–. No te esperaba.

Él apretó los dientes y clavó la mirada en la maleta que había encima de la cama. Se puso todavía más tenso.

Hacer las maletas también había sido uno de los trucos favoritos de su madre.

Aunque la vez que se había marchado definitivamente no se había llevado nada. No lo había necesitado. Solo se había llevado lo importante, y había dejado lo demás atrás.

Incluido a su hijo.

Y una nota en la que justificaba sus actos.

Sintió náuseas. Sintió ira y dolor, pero miró a Daisy a los ojos.

–Es evidente.

–No pretendía...

–Ahórratelo. Sé lo que vas a decir. Y la maleta te delata.

–No pretendía marcharme sin más. Iba a esperarte.

–Por supuesto –respondió él–. Eres actriz. Las entradas y las salidas de escena son tu especialidad, pero funcionan mejor si hay público.

Estaba furioso.

Había empezado a pensar que Daisy era diferente. Que tal vez se había equivocado con ella, pero no. Había olvidado todas las lecciones que había aprendido de niño y se había dejado engañar por la belleza de Daisy y por la atracción sexual.

Pero ya no era un niño. Era un hombre, el propietario de una gran empresa, que había trabajado muy duro para levantar su imperio. Y todavía más duro para evitar en su vida la tensión emocional y la incertidumbre que tanto odiaba.

Lo único que había querido, lo único que le había importado, era que Daisy le demostrase su sinceridad. Y, cuando ella había admitido que se sentía atraída por él, Rolf había pensado que tenía que avanzar más en su relación.

Pero ella le había vuelto a mentir.

Y había hecho la maleta.

La miró a los ojos.

–Me gustaría poder decir que estoy sorprendido, o decepcionado, pero me temo que todo esto era predecible.

–Insúltame todo lo que quieras –le respondió ella–. No me importa. Solo me he quedado para decirte que voy a ir a ver a David, así que si no te importa...

Él se acercó.

–Qué detalle por tu parte. Qué hermana tan cariñosa. Va a ponerse muy contento.

Daisy se sintió fatal. Aquello era lo que Rolf había querido hacer desde el principio, castigarla, aunque después hubiese decidido que mejor podía utilizarla como esposa.

–Sé que estás enfadado, Rolf, pero esto en realidad no tiene nada que ver contigo. Ni con nosotros. Sino solo con mi hermano. No puedo evitar que llames a la policía, pero quiero estar con él cuando llegue.

Él se rio con cinismo.

–Eres toda una actriz dramática.

–Y tú, un hipócrita. Toda nuestra relación es un culebrón ideado por ti, y todavía tienes el descaro de acusarme de ser toda una actriz dramática.

–No es así como yo veo una relación –replicó él.

–Ni yo tampoco. Esto es más bien como vivir en una zona de guerra.

–Quizás podrías evitar convertirlo todo en una pelea.

–¿Yo? ¿Y tú? Al que le ha dado la pataleta, el que se ha bajado del coche enfadado, has sido tú.

Aquello era cierto. Rolf se había comportado como un niño, pero por culpa de Daisy. Quizás tuviese fama de ser un frío negociador, pero aquella mujer le hacía perder los nervios. Reconocer aquello no hizo que se sintiese menos enfadado con ella, ni consigo mismo, sino más bien todo lo contrario.

La miró con frialdad.

–Sin embargo, tirarme a la cara el anillo que acababa de regalarte sí que ha sido un gesto muy maduro.

–No pretendía ser madura –admitió ella–. Estaba disgustada.

–No estabas disgustada, sino decepcionada. Pensabas que ibas a poder quedarte con el anillo.

–¡Eso no es verdad! No es justo. Ni siquiera pensaba que ibas a darme un anillo.

Al menos, no había creído que se lo daría de un modo tan emotivo. Se había imaginado que habría un anillo, pero que sería solo eso, un anillo.

Pensó en lo que se había esforzado Rolf en sorprenderla con el restaurante y sintió que le picaban los ojos.

–¿Cómo puedes acusarme de querer quedármelo?

Le tembló la voz y Rolf se dio cuenta de que le había hecho daño. También supo que estaba siendo injusto y cruel, pero no iba a consentir a Daisy como su padre había consentido a su madre.

Ese era el motivo por el que había montado todo aquello, precisamente para evitar manipulaciones emocionales.

–Me cuesta creer que no lo quisieras. En el coche no podías apartar la vista de él.

Ella intentó contener las lágrimas, sacudió la cabeza. No era posible que Rolf pensase aquello de ella.

–Pero no era porque pensase que era mío...

De repente, no pudo seguir hablando. ¿Cómo se lo iba a explicar a Rolf? Era un hombre indiferente, distante, nada romántico. Era un hombre que lo reducía todo a activos y pasivos. Un hombre capaz de casarse por interés solo para engañar a un rival.

¿Cómo iba a entender Rolf que ella no había estado actuando?

Por un instante, cuando Rolf le había puesto el anillo, todo le había parecido tan real y perfecto, como siempre había soñado.

Se le nubló la vista.

Aquello era mentira, como el resto de su relación.

Recordó cómo había temblado con sus caricias y sintió náuseas.

Aquel era el motivo por el que Rolf había podido contenerse. Había sido otra mentira más. Otra manera de demostrarle el poder que tenía sobre ella, pero, en aquella ocasión, utilizando su cuerpo en vez de utilizar a su hermano.

–Piensa lo que quieras –le dijo con voz temblorosa–. Me da igual.

Tomó la maleta.

–Como tú mismo has dicho antes, no tenemos nada más que decirnos, así que, si no te importa, me voy a ver a David. Al menos le debo...

A Daisy se le quebró la voz y Rolf se sintió fatal.

Él mismo le había dicho que no tenían nada más de qué hablar cuando, en realidad, atrapado en la limusina y en sus recuerdos, no había sabido cómo expresarse.

Mientras caminaba por la calle, hacia el trabajo, había intentado aclararse las ideas y concentrarse en todo lo que tenía que hacer aquella tarde, pero no había sido capaz.

Entonces se había dado cuenta de que el trabajo no le importaba, que solo le importaba la relación que tenía con Daisy.

Dio un paso al frente.

–No hace falta que vayas a ver a David –le dijo.

–Claro que sí. Le he defraudado y se lo tengo que contar –respondió Daisy, compungida.

–No le has defraudado, lo has salvado.

–No, he intentado salvarlo, pero ahora vas a llamar a la policía... –balbució ella.

–Espera, espera –la interrumpió Rolf–. No voy a llamar a la policía. Jamás he pensado hacerlo.

Rolf se sentía aturdido y lo único que sabía era que no podía dejarla marchar.

Se acercó a ella un paso más.

–Sé lo que te he dicho. Y cómo ha debido de sonar. Pero estaba enfadado. No me gustan las escenas...

Dudó. Él nunca confiaba en nadie, pero era la segunda vez que lo hacía con Daisy en cuestión de unas horas.

–Mira, no ha cambiado nada. No he venido a terminar con nuestra relación. He venido a zanjar la discusión, porque esto es solo eso, una discusión. Porque las parejas discuten, ¿no?

Rolf se dio cuenta de que había utilizado la palabra «pareja», algo que siempre había evitado en su vida adulta. Y de que siempre había querido ganar cualquier discusión. No obstante, allí lo importante era no perder a Daisy. No estaba preparado para eso.

La expresión de Daisy lo distrajo.

Se había quedado como petrificada, con los ojos muy abiertos y la mirada perdida en la suya. Entonces, la vio sacudir lentamente la cabeza.

–Es que no somos una pareja. No somos nada –dijo en voz baja–. Ni siquiera sé quién soy yo la mitad del tiempo, ni lo que es real y lo que es falso. Antes, me sentía mal porque...

Él separó los labios para interrumpirla, pero Daisy levantó la mano para evitarlo.

–Sé que no es algo racional, ni justo, pero antes no estaba actuando, aunque tú pienses que sí.

–¿Y eso te molesta? –le preguntó él.

–Sí. Tal vez no debiera, pero me molesta –admitió Daisy–. Pensé que los límites estarían más claros, pero todo se está mezclando y...

Dejó de hablar. Preferiría salir a la calle desnuda que confesarle a Rolf lo que sentía por él. Tragó saliva, tomó el anillo y se lo dio.

–Toma. Es tuyo.

Rolf miró su mano y aceptó la joya.

Daisy tenía las mejillas sonrojadas y estaba más guapa que nunca, aunque no era su belleza lo que hacía que se le acelerase el corazón.

Sino su coraje. Miró el anillo. Pensó que era una cosa muy pequeña y fácil de perder y, si se perdía, casi imposible de volver a encontrar.

Como la confianza.

Se dio cuenta de que Daisy lo estaba mirando fijamente y apartó la vista. Había hecho un trato con Daisy, pero su acuerdo tal vez no pudiese funcionar sin confianza.

Alargó lentamente la mano y tomó la suya.

–No, es tuyo. Lo elegí para ti –le dijo–. Y no quería disgustarte. Por eso he venido, a decírtelo.

Daisy lo miró, aturdida. Aquello no era una disculpa, pero era lo más parecido a una disculpa que un hombre como Rolf Fleming podía ofrecer. Y, al fin y al cabo, había ido a buscarla para hablar con ella.

Lo vio esbozar una sonrisa.

–Pero, si no lo quieres, supongo que podría devolverlo y pedir que lo transformen en un alfiler para la corbata.

–Lo quiero –respondió ella, mirándolo a los ojos–. Y te quiero a ti.

Un momento después, Rolf le estaba poniendo el anillo. Luego, espiró y la abrazó para poder sentir los latidos de su corazón.

–Yo también te quiero a ti.

Por un momento, se quedaron en silencio, luego Rolf se apartó con el ceño fruncido.

–¿Qué ocurre?

–Que llego tarde a una reunión.

La miró a los ojos.

–Vete –le dijo ella–. Estaré aquí cuando vuelvas. No me voy a marchar a ninguna parte.

Él la abrazó por la cintura un momento más.

–Tú no vas a ir a ninguna parte, pero lo nuestro sí.

Daisy lo miró, confundida.

–¿Sí?

–Salgamos de aquí –dijo Rolf–. Y de Manhattan.

Vayamos a algún lugar donde no tengamos que fingir.

–¿Qué se te ocurre? –le preguntó Daisy, que tenía el corazón acelerado.

Él sonrió y a ella se le encogió el corazón y sintió lástima por la mujer que se enamorase de él de verdad. Con su belleza y su encanto, era fácil olvidar que era un hombre despiadado, acostumbrado a conseguir siempre sus objetivos.

–Tengo una pequeña casa al Norte, en Adirondacks. Es todo un poco rústico, pero ¿te apetece?

Parecía una pregunta, pero Daisy sabía que Rolf no esperaba una respuesta, así que ella se limitó a darle un beso en los labios como contestación.

–Tengo que advertirte que en el bosque hay osos. No son muy grandes y no suelen molestar a los humanos, pero hay que tener cuidado de todos modos.

Rolf se inclinó hacia delante y tomó su taza de café. Habían llegado a Mohawk Lodge veinte minutos antes y estaban relajándose con las vistas del lago y las montañas. A lo lejos, el bosque parecía sacado de un cuento de hadas, pero Daisy casi no se había fijado en el paisaje.

Todavía estaba recuperándose del viaje en su helicóptero privado. O, más bien, de cómo Rolf le había tomado la mano durante todo el vuelo, de su pierna pegada a la de ella, de su boca tentadoramente cerca mientras le iba explicando la historia de la región.

Asintió, luego, frunció el ceño.

–¿Has dicho osos?

Él dejó la taza y la miró.

–¿Qué te pasa?

–Nada –respondió Daisy, mirándolo a los ojos y suspirando–. Es solo que no me había dado cuenta de que tu vida fuese así.

–¿Así, cómo?

–Increíble.

–La verdad es que yo ni lo pienso.

–Supongo que uno se acostumbra a todo –admitió ella.

Aunque no era capaz de imaginarse teniendo un helicóptero y una cabaña a orillas de un lago. Volvió a recordar lo diferentes que eran sus vidas.

No obstante, se dijo que lo que tenía que hacer en esos momentos era concentrarse en las cosas que compartían, no en las que los separaban.

–¿Cuándo vamos a hacer esa visita guiada que me has prometido? –le preguntó.

La cabaña era preciosa. Estaba rodeada de naturaleza y construida con madera y piedra, pero era igual de lujosa que el ático de Manhattan.

–¿Quieres bañarte en el lago? –le preguntó él.

Daisy frunció el ceño.

–No lo sé. ¿Cómo está el agua?

–Probablemente, templada.

Ella puso los ojos en blanco.

–Creo que necesito una segunda opinión antes de ponerme el bikini. No estoy segura de poder fiarme de la tuya.

Él tomó su mano y se la levantó para hacer que las piedras del anillo brillasen con la luz.

–Pensé que te gustaba el anillo.

–Y me gusta. Pero me habías dicho que la cabaña era pequeña y un tanto rústica. Yo me la había imaginado sin electricidad.

No había esperado encontrarse con un jacuzzi y un chef francés.

Levantó la vista y se dio cuenta de que Rolf la estaba mirando fijamente, sin parpadear. De pronto la abrazó.

–Si quieres algo rústico, aquí estoy yo –le dijo, rozándole los labios con los suyos.

Daisy se sintió aturdida... Sintió calor.

Y no era solo por el deseo, sino también por la vergüenza.

Recordó la facilidad con la que Rolf se había apartado de ella la vez anterior y supo que le habría sido imposible hacer lo mismo, así que sintió dudas.

Él se dio cuenta y la miró a los ojos.

–¿Qué ocurre?

Daisy dudó y apartó la mirada. Lo deseaba desesperadamente, pero no podía entregarse a él. No podía hacerlo sabiendo que el deseo de Rolf estaba motivado por las ansias de poder, no por la pasión.

–¿Daisy? ¿Daisy?

Su tono era insistente, inexorable.

–Ayer, cuando...

Daisy frunció el ceño. Le había temblado la voz y, de repente, tenía los ojos llenos de lágrimas.

–Sé que querías sexo, pero también sé que no me querías a mí.

Rolf bajó la mirada y ella se sintió todavía peor. Lo empujó del pecho y se apartó, clavando la mirada en la brillante superficie del lago.

–Estás equivocada.

Daisy levantó el rostro, tenía el corazón encogido.

–Entonces, ¿por qué paraste?

«¿Cómo pudiste parar?», fue lo que quiso preguntarle, al recordar la desesperación con la que lo había deseado ella. ¿Cómo podía haberse mostrado tan frío y distante?

Pero entonces lo miró y se dio cuenta de que en esos momentos no parecía frío y distante, sino tenso e inseguro.

Rolf sacudió la cabeza.

–En resumen: soy un idiota. Quería demostrarme a mí mismo que podía hacerlo, que mi fuerza de voluntad era más satisfactoria de lo que tú jamás podrías ser, pero estaba equivocado.

Hizo una mueca.

–Las últimas veinticuatro horas han sido las más incómodas de toda mi vida –admitió entonces–. Lo único que he conseguido demostrar es que te deseo tanto que no puedo ni hacerme cargo de mis funciones.

Ella espiró, se sintió sorprendida y aliviada, y feliz.

Pero se dijo que no podía ponérselo fácil. Rolf le había hecho daño. Y, si bien era cierto que lo había hecho porque odiaba perder el control, tenía que entender que eso no excusaba su comportamiento.

–¿Y cómo puedo saber yo que es cierto? ¿Cómo puedo saber que me deseas a mí? Podrías estar fingiendo.

Él la abrazó con fuerza y Daisy notó su erección.

–Te aseguro que esto es real, Daisy. Y es por ti y solo por ti.

Le acarició el rostro suavemente y el calor de sus dedos la hizo estremecerse.

–Solo puedo pensar en ti. No he pensado en otra cosa desde que te besé en mi despacho, pero, si no me crees, tendré que demostrártelo.

Y entonces la besó. Fue un beso sin igual. Apasionado, profundo. Sus labios la poseyeron con tal avidez que Daisy dejó de pensar de repente.

Al mismo tiempo, Rolf pasó las manos suavemente por su espalda y sus hombros, y luego la tumbó sobre el balancín.

Le quitó las botas, la camiseta y los pantalones vaqueros y, cuando se quiso dar cuenta, Daisy estaba en ropa interior.

Se inclinó sobre ella, con el rostro tenso y la mirada sincera, como para demostrarle que lo que estaba sintiendo era real.

Y Daisy se olvidó de sus dudas al instante. Lo deseaba tanto como él a ella, aunque también había algo más. Se sintió completamente consumida por la llama de la pasión que ardía entre ambos.

Lo miró a los ojos.

–Bésame –susurró.

Y él la besó despacio, con delicadeza primero, para después profundizar el beso.

El sol del atardecer inundaba el porche.

Rolf se apartó y la miró como si tuviese la mirada desenfocada.

La observó en silencio, aturdido, con la boca seca, embriagado por su belleza, y entonces le acarició un pecho y vio cómo el gesto de Daisy se suavizaba.

Daisy se estremeció y sintió calor. Notó cómo

Rolf apartaba la fina tela del sujetador para acariciarla con la boca mientras pasaba las manos por su estómago antes de bajar a los muslos.

La besó en el cuello y Daisy intentó desabrocharle el cinturón, le bajó la cremallera del pantalón porque necesitaba desesperadamente acariciar su erección.

Rolf se estremeció bajo su caricia y buscó un preservativo en el bolsillo del pantalón. Se lo puso con dedos temblorosos.

Y entonces se colocó entre sus piernas y, mientras la besaba en los labios, la penetró.

Un rato después, todavía con sus cuerpos entrelazados, vieron cómo el sol se ponía tras las montañas. Daisy suspiró y pasó la mano por el estómago de Rolf.

–¿Cómo encontraste este lugar tan alejado de todo?

–Hace unos años hice negocios con un tipo que se llamaba Tim Buchanan. A ambos nos gustaban las mismas actividades, y él me invitó a venir aquí un fin de semana.

–¿Qué clase de actividades? –le preguntó ella sonriendo–. ¿No serás uno de esos fanáticos de los juegos de rol?

–No, me refería a la caza y a la pesca –respondió él.

–Qué suerte que hubiese esta cabaña a la venta, ¿no? –comentó Daisy.

–No estaba a la venta, pero a mí me gustó, así que le hice una oferta y aceptó.

Ella asintió, como si le resultase normal eso de comprar casas al borde de un lago por capricho.

–A tu familia debe de encantarle.

–Le habría encantado, sí –admitió él en tono tenso–, pero mis padres ya no viven.

–Ah, lo siento.

Y era cierto, lo sentía de verdad, no quería ni pensar en perder a sus padres.

–Seguro que estaban muy orgullosos de ti, de todos tus logros.

Él puso un gesto extraño y Daisy pensó que no iba a responder, pero lo hizo.

–Como todos los padres.

No se movió, pero Daisy sintió que se alejaba de ella, así que decidió cambiar de tema de conversación.

–¿Podemos dormir aquí fuera?

Rolf se relajó.

–Supongo que sí. ¿No te da miedo? Como te he dicho, hay animales salvajes ahí afuera.

–No me dan miedo. Sé cómo domarlos –le respondió ella, subiéndose encima de él.

–¿Estás segura?

–Sí –murmuró Daisy–. Solo necesito un poco más de práctica.

–Buena idea, la práctica...

Rolf se interrumpió con un gemido cuando Daisy pasó la lengua por los músculos de su pecho y siguió bajando por el estómago, y más allá...

Después, se quedó tumbada entre sus brazos y observó cómo dormía. Estaba cansada, pero no quería cerrar los ojos. No quería que aquel momento terminase.

Llevaba toda la vida buscando pasión, buscando sentimientos intensos e intimidad, pero nunca hubiera pensado que lo encontraría con Rolf.

No había imaginado que tendrían semejante química, semejante atracción.

Tal vez no fuese amor.

Tal vez no fuese a durar.

Pero ella iba a vivir el momento.

Iba a aprovecharlo al máximo.

Lo abrazó con fuerza, cerró los ojos y se quedó dormida al instante.

Capítulo 8

ROLF esprintó colina arriba a pesar de tener la sensación de que los pulmones le iban a estallar. Unos pocos metros más y...

Redujo el paso y se dirigió hacia el lago. Le temblaban los brazos y llevaba la camiseta completamente sudada, pero el calor y el caos que reinaban en su cuerpo no eran comparables al estado de su mente.

Se había despertado temprano, al amanecer. Eso no tenía nada de inusual. Normalmente no le costaba ningún esfuerzo levantarse pronto.

Pero en esa ocasión no había querido moverse de la cama a pesar de tener la extraña sensación de que aquella mañana se sentía diferente.

Había tardado un momento en darse cuenta de que la diferencia era Daisy y que ella lo había abrazado durante la noche y él no había querido apartarla.

El canto de un pájaro lo devolvió a la realidad, intentó entender su propio comportamiento.

Tardó varios minutos en reconocer que tal vez tuviese algo que ver con Daisy.

El sexo con ella era maravilloso, pero se aseguró que en realidad nada había cambiado.

Iba a casarse con ella, sí, pero solo porque necesitaba una esposa para convencer a Dunmore de que le vendiese el edificio.

Recordó el cuerpo desnudo de Daisy la noche anterior y se excitó. Y entonces volvió a sentir que Daisy era diferente.

Que él era diferente cuando estaba con ella.

No lo podía entender.

Hizo una mueca y se dijo que no tenía prisa por olvidarse de ella. Tenía todo un año para hacerlo.

No obstante, mientras tanto tendría que tener cuidado y ser disciplinado y pragmático. No podía olvidar el verdadero motivo por el que ella estaba en su cama. Ni el hecho de que, en cuanto consiguiese lo que quería, sus caminos se separarían.

Se dio la vuelta y echó a andar de regreso a la cabaña.

–¿Qué es esto?

Daisy miró a Rolf y contuvo un bostezo.

–¿El qué? –preguntó, todavía medio dormida.

Él no parecía cansarse nunca de tocarla y en ese momento le estaba acariciando la pierna muy despacio.

Después de haber ido a correr, Rolf se había dado una ducha y había ido a hacerle el amor. En esos momentos estaban tumbados juntos en la cama, piel con piel, agotados. Al menos ella se sentía muy cansada, Rolf parecía lleno de energía.

–¿Qué es el qué? –volvió a preguntarle.

–Esto.

Rolf trazó un ocho por encima de su rodilla y ella

sintió calor por todo el cuerpo, de repente, estaba aturdida. Lo miró y le resultó increíble que estuviese allí, a su lado. Era demasiado guapo y hacía que ella también se sintiese así.

Con Rolf, Daisy se sentía guapa, y también más libre y más fiel a sí misma.

Con otros novios, con todo el mundo, salvo con David, sentía que siempre estaba fingiendo que era diferente.

Con Rolf todo era distinto.

Se sintió indefensa, perdida y, al mismo tiempo, segura entre sus fuertes brazos.

Estaba bien con Rolf. Tal vez fuese porque compartían un secreto. Tenía la sensación de que ambos se conocían muy bien, de que ambos se habían encontrado después de una larga separación. Y, no obstante, sabía que aquello no era cierto y que, además, no tenía ningún sentido.

Notó que él la miraba e intentó dejar de darle vueltas a la cabeza.

–Ah, eso –respondió–. Es donde me di el golpe aquella noche, en tu despacho.

Y Rolf se dio cuenta de repente de que se le había olvidado cómo se habían conocido y por qué estaban allí. Eso le molestó.

–Lo que me recuerda que... James Dunmore me ha llamado. Nos ha invitado a comer. Al parecer, está deseando conocerte.

Daisy lo miró en silencio. De repente, no reconocía la expresión de su rostro, tuvo la sensación de que era arrepentimiento, pero la siguiente frase de Rolf le despejó la duda.

–Se han acabado las vacaciones –anunció–. Es hora de volver al trabajo.

Para Daisy no habían sido unas vacaciones, sino más bien una luna de miel. En cualquier caso, se había terminado.

Se obligó a sonreír y lo miró a los ojos.

–Estupendo –respondió–. Voy a vestirme. No vamos a hacerlo esperar.

Mientras el helicóptero despegaba, Daisy se dio cuenta de que estaba nerviosa y de que le hubiese gustado conocer mejor al hombre por el que tenía lugar aquella farsa.

Se aclaró la garganta.

–¿Hay algo de Dunmore que deba saber? Sé lo básico, pero...

Rolf la miró con gesto frío.

–Con lo básico será suficiente.

Y volvió a mirar por la ventanilla.

A sus pies se veía el bosque cada vez más pequeño. Pronto estaría dándole la mano a Dunmore, con Daisy al lado. Era el momento que llevaba esperando toda la vida.

No entendió por qué deseaba retroceder en el tiempo, volver a la cabaña y estar a solas con Daisy.

Se dijo que eran los nervios.

Se aclaró la garganta.

–Dunmore lleva casado con la misma mujer desde que tenía diecinueve años. Es un romántico.

Sonrió, pero Daisy no pudo devolverle la sonrisa. El tono empleado por Rolf había sido despectivo, como si no se pudiese creer que un hombre fuese capaz de amar a la misma mujer toda una vida.

Pero se recordó que aquel no era su problema, la suya no era una relación real.

–Todo va a ir bien –añadió Rolf–. Es un tipo agradable, que solo quiere conocerte. Solo tienes que fingir que estás locamente enamorada de mí.

Se acercó más a ella y le apretó la mano y, de repente, Daisy notó que tenía la boca seca y el corazón acelerado.

–¿Nada más? –preguntó, consiguiendo mirarlo a los ojos–. En ese caso, no hay problema. Tú puedes ser Romeo y yo canalizaré a mi Julieta interior.

Él se echó a reír y a Daisy le gustó la sensación.

–Que ambos muramos durante la comida va a ser demasiado.

–En eso te equivocas –le dijo ella mientras miraba por la ventanilla–. No puede ser amor de verdad si no muere alguien o no queda con el corazón completamente destrozado.

Giró la cabeza para mirarlo, esperando verlo sonreír, pero Rolf estaba muy serio.

–Pensé que creías en los finales felices.

–Lo hacía. Lo hago...

El piloto interrumpió su conversación.

–Solo quiero avisarles de que aterrizaremos en cinco minutos, señor. Hay una ligera brisa, pero, al margen de eso, parece que va a hacer un día precioso.

Poco después el helicóptero aterrizaba en la azotea de uno de los numerosos rascacielos de Manhattan.

Bajaron de él y atravesaron la pista acompañados de un guardaespaldas vestido de traje negro.

Daisy notó que se le encogía el estómago. Era casi el momento de la verdad.

Respiró hondo.

Todo iría bien. Se sabía su papel.

Y, no obstante, sintió que algo iba mal.

Rolf estaba muy callado, con gesto ausente.

–Rolf...

Él no respondió y Daisy contuvo la respiración, sintió pánico.

–Rolf, todo va a ir bien.

–Lo sé.

Y entonces se abrieron las puertas del ascensor y él la agarró del brazo.

Al salir del ascensor la guio hasta un salón en el que había dos hombres junto a una ventana.

Ella se detuvo de repente.

–Rolf...

El guardaespaldas que los seguía les dejó espacio para hablar.

–¿Estás intentando hacer que lleguemos tarde? –inquirió Rolf, mirándola.

Y ella se dio cuenta de que Rolf tenía miedo. Tenía miedo de que las cosas no saliesen bien.

Instintivamente, lo agarró de la mano y echó a andar.

–Sé lo importante que es esto para ti. Y para mí también lo es. Juntos, saldrá bien.

Él le apretó la mano.

–Lo siento –dijo en voz baja.

Ella se inclinó hacia delante y lo besó apasionadamente. Cuando se apartó se dio cuenta de que el rostro de Rolf ya no estaba tan tenso.

–¿Ha sido para desearme suerte? –le preguntó él.

Daisy negó con la cabeza.

–No necesitamos suerte. Solo quería besarte. Ahora, vamos a comer.

Acababan de empezar a comer cuando Daisy decidió que James Dunmore era uno de los hombres más agradables que había conocido jamás. Alto, de pelo rojo entrecano, campechano y mucho menos imponente de lo que ella se había imaginado, dada su riqueza y su estatus.

Nada más llegar les había pedido que disculpasen a su mujer, que había tenido que viajar porque su hermana había caído enferma, pero que su sobrino Jack iba a acompañarlos.

La comida estaba deliciosa, pero lo que más estaba disfrutando Daisy era la compañía.

–Entonces, ¿Jack es hijo de su hermano? –preguntó–. Se parece mucho a usted, pero...

–Él tiene todos los dientes.

Daisy se echó a reír.

–Iba a decir que la barbilla es diferente.

Dunmore frunció el ceño.

–Eso es cierto. Casi nadie se da cuenta. Solo ven el pelo... o lo que queda de él. Eres muy observadora.

Ella sonrió y se encogió de hombros.

–Soy actriz. En ocasiones, puedes conseguir un papel solo por tener la barbilla adecuada.

Dunmore se pasó una mano por el pelo.

–Hay muchos pelirrojos en la familia. Al padre de Jack y a mí nos solían confundir cuando éramos jóvenes.

–¿Pero no son gemelos? –preguntó ella con curiosidad.

Rolf le tocó la mano y explicó:

–Daisy tiene un mellizo, David.

–¡Un mellizo! –exclamó Dunmore sonriendo–. En ese caso, debes de ser muy intuitiva con los hombres.

Luego miró a Rolf y añadió:

–Supongo que eso debe de ser muy práctico en una relación.

–Ojalá –respondió ella–, pero David no se parece en nada a Rolf.

¿O sí?

–Mi hermano tampoco se parece a mí –admitió, tomando su copa.

–¿Pero tenéis una buena relación?

–Muy buena. De niños éramos inseparables. Y lo seguimos siendo, pero, al mismo tiempo, somos muy distintos. No solo físicamente, sino en lo que se refiere a nuestra personalidad e intereses. No sé qué haría sin él. Es como la voz de mi conciencia, siempre lo llevo dentro de la cabeza.

–Siento interrumpir –dijo Jack, sonriendo a Daisy y dirigiéndose después a su tío–. He recibido un mensaje de Tom Krantz.

Dunmore frunció el ceño.

–Lo siento, Daisy, ¿me perdonas?

–Por supuesto.

Daisy tomó un sorbo de agua y sonrió, pero tenía el corazón acelerado, se sentía culpable.

En los últimos días casi no había pensado en David, solo había pensado en sí misma y en lo bien que se sentía con Rolf.

Levantó la vista y se encontró con la de Rolf.

–Sé que echas de menos a David. Y que estás preocupada por él –le dijo este en voz baja, agarrándole la mano.

Rolf envidiaba la relación que Daisy tenía con su hermano, no lo podía evitar.

–Pero va a estar bien –añadió–. Yo me voy a ocupar de ello.

Daisy asintió, la seguridad de la voz de Rolf la tranquilizó.

Después del café se quedaron un rato charlando animadamente, hasta que Rolf se miró el reloj.

–Deberíamos marcharnos.

–Por supuesto –dijo Dunmore, dándole una palmadita en el hombro–, pero con una condición. Que vengáis a pasar un fin de semana a Swan Creek. Tal vez entonces podamos volver a hablar de tu propuesta.

Capítulo 9

DE VUELTA al ático, fueron directos a la cama e hicieron el amor con urgencia. Después, Rolf la abrazó contra su cuerpo sudoroso y se quedó dormido.

A su lado, Daisy permaneció despierta, recordando las palabras de Dunmore.

Ella sabía que, aunque a Rolf no se le hubiese notado, había salido sintiéndose triunfante de la comida. Y que ella debía sentirse igual porque, cuanto antes consiguiese Rolf el edificio, antes se libraría de él.

Pero aquello, en vez de alegrarla, la ponía más nerviosa.

Decidió subir a nadar a la piscina que había en la terraza para intentar tranquilizarse.

Diez minutos más tarde, estaba haciendo largos cuando levantó la vista y vio a Rolf sentado en una de las tumbonas, vestido solo con unos pantalones vaqueros.

–Pensé que estabas dormido –le dijo.

–Lo estaba, pero me desperté y te habías marchado.

–Estaba un poco tensa.

–¿Y eso? ¿Estás preocupada por David?

Ella estuvo a punto de asentir, pero no pudo.

–No, no es por David, sino por James, por el señor Dunmore.

–¿Qué pasa con él?

–No lo sé. Que me ha caído bien y no me gusta mentir a alguien a quien respeto.

Rolf frunció el ceño.

–Va a seguir cayéndote bien, y vas a seguir respetándolo después de que me haya vendido el edificio.

Daisy dudó.

–Es solo que... me siento mal engañándolo. No se merece...

–¿No se merece el qué? –preguntó él, poniéndose muy tenso–. ¿La gran cantidad de dinero que voy a pagarle? Dunmore es un hombre de negocios. Si me vende el edificio será una decisión comercial, no me estará haciendo ningún favor.

Ella se estremeció. La actitud de Rolf había cambiado de manera radical.

–Pero tú habías dicho que solo vendería el edificio a alguien con valores. Ese es el motivo por el que tenemos que casarnos, ¿no? Para que se crea que has encontrado el amor y la felicidad junto a la mujer adecuada.

–No soy responsable de lo que piense o sienta Dunmore –dijo Rolf.

–¿Y qué hay de lo que sientes tú? –le preguntó Daisy–. Pensé que a ti también te caía bien.

–Mi decisión es una decisión puramente comercial. Y para ti debería ser igual. Por si se te ha olvidado, estás aquí para saldar una deuda.

A Daisy se le cortó la respiración.

De repente, volvían a ser dos extraños.

–No, ese es tu motivo, no el mío. Yo estoy aquí porque quiero a mi hermano. Y me quedaría aunque no me estuvieses chantajeando solo porque sé lo mucho que esto significa para ti. Tal vez si te preocupases por algo más que por tu negocio lo entenderías. Y tal vez no necesitases chantajear a nadie para casarte. Podrías ser realmente el hombre que finges ser.

–No sabes nada de mí. Ni de lo que me importa –le dijo él.

–Estás equivocado. Sé que te importa la honestidad, pero no estás siendo sincero conmigo acerca del motivo por el que estás así.

Hubo un largo silencio.

–¿De verdad te quedarías conmigo aunque no estuvieses obligada? –preguntó entonces él.

Daisy asintió.

–Aunque supongo que eso no te importa, como tampoco te importo yo.

–Tú me importas...

–Por supuesto. Sin mí no conseguirías ese edificio.

–No, no es por eso –dijo él después de dudar un instante–. Me importas y tienes razón, no estoy bien. Pensaba que estabas preocupada por Dunmore y por David, y por sus sentimientos, pero no por mí.

–Eso no es cierto –respondió ella con voz temblorosa–. Tú me importas, aunque eso no te guste.

–Eres una buena persona.

–No. Es fácil hacer lo correcto por amor.

–¿Por amor? –preguntó Rolf con el ceño fruncido.

–Por David, quiero decir. Y tengo la sensación de que el amor por la familia también te importa a ti. Por eso quieres ese edificio, ¿verdad?

Él asintió lentamente, pero no respondió. Tardó mucho tiempo en hacerlo.

–Yo vivía allí. Mucho tiempo atrás.

Sonaba al comienzo de un cuento de hadas, pero por la tensión de la voz de Rolf, Daisy supo que aquella historia no tendría un final feliz.

–¿Con tus padres? –le preguntó.

Él asintió.

–Mi padre no era un hombre práctico, pero tenía ideas. Y pasión. Así fue como conoció a mi madre. Trabajaba en el club de campo cuando vio a mi madre, que estaba con sus padres, y supo que era ella. Así que cortó todas las rosas que pudo encontrar y le pidió que se casase con él.

Sonrió de manera tensa.

–Se quedó sin trabajo, pero no le importó porque ella aceptó.

Daisy jamás había visto una sonrisa tan triste, asintió.

–Qué romántico. Debieron de ser muy felices.

–Él lo fue. Mi madre, no tanto. Se casaron y vinieron a vivir a Manhattan. Fue difícil porque mi padre ganaba poco dinero y mi madre odiaba esa situación. Cuando yo tenía diez años, y mi hermana, Rosamund, cuatro, mi padre encontró un buen trabajo.

A Daisy le sorprendió oír que tenía una hermana.

–Alquiló un piso grande y, por primera vez, mi madre fue feliz. Todos lo fuimos.

–¿Y qué ocurrió? –le preguntó ella al ver que se detenía.

–No lo sé. Mi madre estuvo bien un mes o dos, y

entonces empezó a llegar tarde a casa. A no comer. Luego hizo la maleta varias veces, amenazó con marcharse.

Daisy recordó la expresión de Rolf cuando la había visto haciendo la maleta y lo entendió.

–¿Y se marchó?

–No. Mi padre le hacía un regalo, o la sacaba a cenar, y ella volvía a estar contenta. Se gastaba mucho dinero intentando hacerla feliz. Hasta que, un día, vinieron a casa.

–¿Quién?

–Los agentes judiciales. Mi padre se había quedado sin trabajo, pero no lo había dicho. Tuvimos que mudarnos. Nos echaron delante de todos los vecinos.

–Lo siento, Rolf.

–La primera vez fue la peor. Después, uno se acostumbra a todo. Pero mi madre no lo soportó. Nos dejó una semana antes de que yo cumpliera trece años. Dejó una nota en la que culpaba a mi padre de todo. De haberle arruinado la vida.

Rolf frunció el ceño.

–Mi padre se lo tomó muy mal. Y se obsesionó con recuperar el piso. Pensó que, si lo hacía, mi madre volvería. Así que trabajó y trabajó. Hasta que un día cayó enfermo. Pasó un par de semanas en el hospital y después falleció.

Hizo una mueca y, sin pensarlo, Daisy se acercó y le agarró la mano.

–Me hizo prometerle que recuperaría el piso. Nunca dejó de quererla.

–Y lo vas a recuperar –le aseguró Daisy–. Lo vamos a recuperar.

Él la miró a los ojos.

–¿Después de todo lo que he hecho y dicho?

–Sí.

De repente, Daisy se dio cuenta de que lo quería. Notó que se le encogía el corazón y que, por mucho que intentase negarlo, era así.

Pero en esos momentos no podía pensar en ello ni, mucho menos, compartirlo con Rolf.

Lo abrazó y sintió cómo él la abrazaba.

–Siento todo lo que he dicho. Y lo que no he dicho –le dijo él.

–No importa. ¿Qué ocurrió después? ¿Qué fue de tu madre?

Él dudó antes de responder y dejó de abrazarla.

–No la he visto ni he hablado con ella en diecisiete años. Me escribe, pero no leo las cartas. No tiene sentido. Nada de lo que diga puede cambiar lo que hizo.

Daisy asintió a pesar de que tenía la sensación de que Rolf le estaba mintiendo otra vez.

–¿No piensas que tu madre tenía que saber lo mucho que la quería tu padre?

–Ya lo sabía, pero se marchó con otro. No pensó en mi padre. Ni en mí. Cuando se marchó, se llevó todo lo que quiso y dejó atrás todo lo demás. Incluido a mí.

Por un instante, Daisy vio en él al niño abandonado.

–Tal vez iba a volver después, a buscarte.

–No, porque se llevó a mi hermana, solo la quería a ella.

Daisy lo entendió todo.

Que no confiase en nadie, que no creyese en el amor, que tuviese miedo de comprometerse y que prefiriese casarse con una desconocida.

Lo miró en silencio y sintió que lo amaba.

Intentó pensar en qué decir, en cómo ayudarlo a sentirse mejor.

Pero en ocasiones un acto valía más que mil palabras, así que se limitó a abrazarlo por el cuello y a besarlo suavemente.

Capítulo 10

ROLF se sentó en su sillón y miró la carpeta que tenía delante. Después de tanto tiempo, iba a reunirse con James Dunmore al día siguiente para hablar de la venta del edificio.

Y todo gracias a Daisy.

El día anterior había hecho lo que no hacía con nadie: hablar de su pasado.

Y ella lo había escuchado como si le importase.

Se le encogió el pecho. De repente, no podía dejar de pensar en su madre y en su hermana. Aunque sabía que pensar en el pasado no tenía sentido porque no lo podía cambiar. Lo único que importaba era que Dunmore estaba dispuesto a negociar.

Se puso en pie, tomó el documento y paseó por su despacho. Estaba a punto de conseguir su objetivo, pero solo podía pensar en lo que ocurriría después.

Cuando el contrato estuviese firmado.

Y Daisy saliese de su vida.

Daisy se quedó de piedra al ver la casa que los Dunmore tenían en Swan Creek, pero Rolf le dio la mano y la hizo reaccionar.

–Esta es su casa –comentó él–. Lo mismo que el ático es la nuestra.

«La nuestra», Daisy pensó que todavía no le había contado lo que sentía, que le había sido imposible declararle su amor.

Tal vez fuese lo mejor.

Así que le sonrió y se agarró a su mano con fuerza.

Emily Dunmore resultó ser tan encantadora como su marido.

–James me ha contado que conociste a Rolf en el trabajo.

Estaban tomando café en el jardín, detrás de la casa principal.

–Así fue. Yo estaba trabajando de camarera en una de sus fiestas.

–Yo trabajaba de recepcionista en un hotel cuando conocí a James –le confesó la otra mujer–. Pensé que era el hombre más guapo que había visto nunca. ¡Y el más insoportable!

Todo el mundo se echó a reír.

–Fue alargando su estancia en el hotel noche tras noche, pero no me miraba a los ojos y eso me ponía furiosa.

–En realidad no podía apartar la mirada de ella –intervino James, tomándole la mano–. Supe que era ella.

–¿Y qué ocurrió? –preguntó Daisy.

–Que me comporté como un tonto durante diez días y después, me marché.

–¿Qué?

–Estaba demasiado asustado. Así que me fui hasta

San Francisco, donde mi padre me había buscado trabajo, pero a las cinco semanas dimití y volví a buscarla. Entré en el hotel y clavé una rodilla en el suelo. Y no me salieron las palabras...

–Pero yo ya sabía lo que quería decirme, y me sentí tan feliz que me puse a llorar.

A Daisy también se le habían llenado los ojos de lágrimas, pero miró a Rolf y se puso tensa. Era el único que no parecía emocionado y había una extraña expresión en su rostro.

Más tarde, después de comer, los Dunmore se retiraron a descansar y Daisy y Rolf se quedaron disfrutando de la inmaculada arena blanca de su playa privada.

–Es un lugar precioso, ¿verdad? –comentó ella.

Rolf se encogió de hombros.

–No tanto como tú.

–Estamos a solas –respondió ella–. No hace falta que me hables así.

–Lo sé, pero es lo que pienso. Eres preciosa.

–Y tú eres muy listo. Y por fin vas a cumplir la promesa que le hiciste a tu padre.

Rolf tenía la vista clavada en el mar.

–Pero no pareces muy contento.

–Por supuesto que sí –respondió él, mirándola–. Es lo que siempre he querido.

Daisy asintió y sonrió automáticamente, aunque en el fondo se sintiese mal.

–Podrías contarle a James el verdadero motivo por el que quieres el edificio –le sugirió.

–No creo que sea buena idea.

–¿Por qué no? Él solo quiere a alguien con valores familiares. Y tú quieres el edificio porque le hiciste una promesa a tu padre.

–¿Y cómo iba a explicarle lo nuestro?

Daisy respiró hondo.

–Era solo una idea.

–¿No querrás echarte atrás?

–Por supuesto que no. Me caen bien los Dunmore y no me gusta mentir, pero voy a serte leal, Rolf. Siempre lo seré.

–¿Siempre? –preguntó él.

Daisy asintió.

–Sé lo mucho que esto significa para ti –le dijo, y lo abrazó–. Y tú significas mucho para mí y quiero que seas feliz.

Él no sonrió. Tardó unos segundos en responder.

–Yo también quiero que tú seas feliz.

–En ese caso, vayamos a la habitación. Tenemos al menos una hora antes de la cena.

Ambos se pusieron de pie y, de la mano, corrieron por la arena.

A la mañana siguiente, James Dunmore invitó a Rolf a su despacho para revisar la propuesta y Daisy salió con Emily a que le enseñasen toda la finca.

Después de comer, James quiso brindar por su futura boda y Rolf sugirió que brindasen también por el acuerdo que iban a firmar.

De repente, Daisy sintió ganas de llorar, pero en vez de eso se rio y bebió champán.

Y entonces James comentó:

–Deberíais comprar una propiedad por aquí,

Nueva York no es un buen lugar para formar una familia.

Daisy asintió sin saber qué contestar.

–¡James! –dijo Emily enseguida–. Si ni siquiera están casados todavía.

–Es verdad, lo siento –respondió su marido–. Perdonadme, soy un viejo y funciono de manera distinta a vosotros, Rolf y Daisy, que sois jóvenes.

–No pasa nada. Es solo que... nunca hemos hablado de tener hijos. No...

Miró a Rolf para pedirle ayuda, pero él no dijo nada.

Se hizo un breve silencio y entonces Rolf se aclaró la garganta.

Daisy necesitaba su ayuda, y no había nada que él quisiese más que ayudarla, pero no podía hacerlo.

–No hemos hablado de tener hijos.

–Por supuesto que no –comentó Emily–. Ahora las parejas suelen esperar...

–Ojalá fuese esa la razón –la interrumpió él.

–No, Rolf... –intervino Daisy, viéndolo venir.

Él tomó su mano y se la apretó.

–Jamás habría funcionado.

Se puso en pie y miró a James.

–No es culpa suya. Yo la obligué.

–No te entiendo, Rolf –le dijo el otro hombre–. La obligaste, ¿a qué?

–Es todo mentira –contestó él–. Una farsa.

–¿Cómo has sido capaz? –inquirió James con incredulidad.

Rolf se encogió de hombros.

–Como no querías vender, le pedí ayuda a Daisy,

para que fuese mi esposa, pero me he dado cuenta de que no puedo continuar así.

Daisy tomó aire. Se sintió mareada.

–Ya no hay trato –le informó James.

Rolf asintió, se dio la vuelta y echó a andar.

–Por favor... –suplicó Daisy a los Dunmore–. Ha hecho algo mal, pero lo ha hecho por el motivo correcto.

James Dunmore la miró enfadado.

–No lo entiendo. Te ha obligado a esto y todavía lo defiendes.

–Sí –respondió ella con los ojos llenos de lágrimas.

–¿Por qué?

–Yo sé por qué –intervino Emily, abrazando a Daisy–. Porque lo quieres, ¿verdad?

Capítulo 11

CUATRO semanas más tarde, Daisy todavía no sabía cómo había vuelto a Nueva York después de haberles contado toda la historia a los Dunmore.

Los primeros días no había dejado de llorar, pero después no había tenido más lágrimas. O, tal vez, se hubiese pasado el tiempo de llorar, pensó mientras limpiaba las mesas del restaurante de sus padres.

En esos momentos, sabía que tenía que volver a vivir. Eso mismo le había dicho David cuando había ido a visitarlo al centro de rehabilitación y le había contado toda la verdad. Como había ocurrido cuando él le había contado el problema que tenía con el juego, David la había abrazado y le había dicho que podía contar con él.

De vuelta en casa, su padre le había dado un delantal y la había puesto a trabajar. Ni él ni su madre le habían hecho preguntas. Solo le habían dado la bienvenida y le habían ofrecido su cariño y su apoyo.

Y, por supuesto, trabajo.

Miró a su alrededor y casi sonrió. Por increíble que pareciese, era la primera vez que disfrutaba trabajando de camarera. Había algo reconfortante en la repetición de las tareas, que consistían en recoger mesas, tomar nota y charlar con los clientes. Y lo mejor era que no se parecía en nada a su vida en Manhattan.

Hacía un mes que la limusina de James Dunmore la había dejado en casa de sus padres. Un mes que no tenía noticias de Rolf. Tampoco había esperado tenerlas. Había sabido desde que lo había visto marcharse que él iba a borrarla para siempre de su vida. Así que ella había hecho lo mismo, se había deshecho de todo lo que Rolf le había dado.

Para evitar confusiones, le había dado el anillo de compromiso a James, que había prometido devolvérselo a Rolf para que ella no tuviese que volverlo a ver.

Aunque en el fondo supiese que no había ninguna posibilidad de que eso ocurriese, ya que Rolf le había dejado claro que un mes con ella ya había sido demasiado.

De repente, se sintió mal, pero se dijo que iba a ser fuerte, aunque estuviese triste. Por eso estaba ahorrando dinero para ir a la universidad.

Estaba cansada de fingir ser una persona que no era. Iba a ser ella misma, y, si eso implicaba fracasar y enfrentarse a sus miedos, lo haría. No iba a avergonzarse de intentar conseguir lo que quería o de intentar afrontar un reto.

Sonrió. Todavía no se sentía preparada, pero tal vez lo estuviese para el día siguiente, cuando David volviese a casa.

–¿Has terminado, Daisy?

Ella levantó la vista y vio a su padre en la puerta. Asintió.

–He terminado. Vamos a casa.

–¿A qué hora has dicho que llegaba David?

–No estoy segura, mamá, pero no te preocupes que va a llegar.

Un rato después, Daisy estaba terminando de adornar la tarta en el patio trasero de casa de sus padres cuando oyó que llamaban al timbre.

Oyó una voz de hombre y la respuesta de su madre, contenta, y se dijo que su hermano ya estaba allí. Sonrió y salió corriendo hacia las escaleras.

Entonces, se detuvo.

No era David quien acababa de salir por la puerta.

Sino Rolf.

El tiempo había entumecido el dolor, pero Daisy volvió a sufrir, y sintió pánico al mismo tiempo.

–Hola –la saludó él.

–¿Cómo has averiguado dónde vivo? –le preguntó ella con el corazón acelerado.

–Se lo he preguntado a David.

Rolf tenía la mirada clavada en sus ojos. No parecía seguro de sí mismo, como era habitual en él, sino inseguro. Parecía un hombre que estuviese muriéndose de sed y que hubiese visto agua después de muchos días sin beber.

–No te creo –le dijo ella, sacudiendo la cabeza–. David jamás me haría eso.

–No le he dado elección.

Aquello la enfadó.

–¿Qué has hecho? ¿Amenazarlo?

–No, por supuesto que no. Solo le he dicho que te necesito.

–Supongo que es una broma –respondió ella con los ojos llenos de lágrimas, incapaz de mirarlo a los ojos–. Márchate de aquí. Aléjate de mí y de mi familia.

–Daisy, por favor. Quiero...

–Lo que tú quieras me da igual, Rolf. No te lo puedo dar. No me queda nada. Antes de conocerte tenía un trabajo y una vida, y tú me obligaste a dejarlo todo.

–Tienes todo el derecho del mundo a estar enfadada, Daisy. Te traté muy mal. Ojalá pudiese dar marcha atrás.

–Por favor, Rolf, márchate.

Él negó con la cabeza.

–No puedo.

–¿Por qué no? ¿A qué has venido hasta aquí?

Rolf se metió la mano en el bolsillo y sacó el anillo de pedida.

–¿De dónde has sacado eso?

–De James. Vino a verme y me lo dio. Y me dio una buena charla, que, por supuesto, me merecía. Me dijo que sería un tonto si te dejaba escapar. Que tú me habías defendido después de que me marchase.

Ella se ruborizó y apartó la mirada.

–Es cierto. Lo que me convierte a mí en la tonta.

–Daisy... James me dijo también que me querías.

Hubo un momento de silencio.

–¿Era verdad?

Daisy se estremeció. No podía mentirle, por mucho que le doliese decirle la verdad.

Asintió.

–¿Y ahora? ¿Todavía me quieres? –insistió Rolf, mirándola fijamente.

Daisy volvió a asentir.

Él suspiró.

–Entonces, cásate conmigo –le pidió en voz muy baja, casi inaudible.

Ella lo miró aturdida, incapaz de hacer funcionar su cerebro.

–No quieres casarte conmigo, Rolf. Nunca has querido. Solo me necesitabas para conseguir tu objetivo.

–Al principio.

Rolf tenía la mirada encendida y estaba temblando.

–Pero, después, todo cambió. Yo cambié, pero no sabía cómo decírtelo.

Su rostro estaba tenso de la emoción.

–¿Decirme el qué? –susurró Daisy.

–Que te quiero.

Daisy se olvidó de su dolor.

–Sé que no te merezco, Daisy –continuó él–, pero te quiero. Y quiero que seas mi esposa. De verdad. Por eso les dije la verdad a los Dunmore y me marché, porque sabía que tú no querías mentirles, pero que lo estabas haciendo por mí. Tuve que elegir, y te elegí a ti.

Daisy pensó que no podía ser más feliz.

–Pero era tu sueño. Y renunciaste a él por mí.

Rolf negó con la cabeza.

–Mi sueño está aquí.

Tomó sus manos.

–Tengo que hacerte una confesión. Tenías razón.

Cuando le conté a James la historia de mi padre, accedió a venderme el edificio. Hemos firmado el contrato esta misma mañana. Por eso no he venido antes, porque no quería que hubiese malentendidos cuando te pidiese que fueses mi esposa.

Tomó su mano y, con cuidado, le puso el anillo en el dedo.

–Tenía tanto miedo –admitió.

–¿Miedo a qué?

–A que James no tuviese razón. A que no me perdonases. A perderte.

–Yo también –confesó Daisy.

–Pero eso ya no va a ocurrir. Eres parte de mí.

Ella lo miró a los ojos y vio tanto amor en ellos que pensó que no podía quererlo más.

–Deberíamos contárselo a mis padres, deben de estar preocupados.

–Si es así, es culpa mía, cuando he llegado he sido un poco... vehemente. Hace mucho tiempo que no hablo con ningún padre.

Ella se mordió el labio inferior.

–Deberías retomar el contacto con tu madre, y con tu hermana.

–Sí.

–Yo siempre he deseado tener una hermana, pero no tanto como quiero tenerte a ti.

Entonces lo abrazó y se besaron, perdiéndose el uno en el otro, en el deseo, en el anhelo y en el amor.

Epílogo

ESTÁS pendiente de la hora, ¿verdad, papá?

Daisy se miró por última vez en el espejo de cuerpo entero y después miró a su padre.

–No quiero llegar tarde –añadió.

–No llegas tarde –le respondió él, sacudiendo la cabeza–, pero, aunque así fuese, merecería la pena la espera. Estás preciosa, Daisy.

Ella sonrió.

–¡Eres mi padre! Es normal que pienses así.

–Sí, es verdad –admitió él–, pero, aun así, es cierto. Y, si no me crees, espera a que te vea Rolf.

Daisy se imaginó la expresión de su futuro marido y sintió calor en la piel. Ya sabía cómo iba a mirarla, cómo iban a oscurecerse sus ojos verdes. Se le encogió el corazón. La noche anterior Rolf se había quedado en Manhattan y ella se había desplazado a los Hamptons con el resto de los asistentes a la boda. Había pasado menos de un día, pero lo echaba de menos.

Como si le hubiese leído el pensamiento, su padre le tomó la mano y se la apretó.

–Ya no falta nada –le dijo en voz baja.

Daisy asintió. Su padre tenía razón. en menos de una hora se convertiría en la señora Fleming.

Habían decidido hacer una ceremonia íntima en la playa, en Swan Creek. A Daisy siempre le había encantado la idea de casarse descalza, con el sonido de las olas del mar en vez de música, pero había supuesto que tal vez Rolf quisiese una boda por todo lo alto.

No había sido así. Rolf había dicho que solo quería que asistiesen a la celebración sus seres queridos: los padres de Daisy y David, su propia madre y Rosamund y, por supuesto, los Dunmore.

Daisy se estremeció de la emoción.

–¿Tienes frío? –le preguntó su padre con preocupación–. ¿Necesitas una chaqueta?

Daisy se echó a reír.

–Papá, me voy a casar. No puedo ponerme una chaqueta –le respondió–. Y ni siquiera hace frío.

–En ese caso, deben de ser los nervios de la boda –dijo él.

Ella negó con la cabeza.

–Nunca he estado tan segura de algo, papá.

Y con motivo.

En el último año habían ocurrido muchas cosas. En colaboración con James Dunmore, Rolf había reformado el edificio en el que había vivido con su familia, y Daisy había terminado con éxito su primer año en la universidad, pero, sobre todo, Rolf se había esforzado en perdonar a su madre y, junto con ella, habían pasado tiempo con ella y con Rosamund. Todavía no eran una familia, pero entre ellos había amor y estaban empezando a recuperar la confianza.

Su padre se aclaró la garganta.

–Lo quieres de verdad, ¿no?

Ella asintió.

Había decidido contar a sus padres todo lo ocurrido con Rolf. David también había confesado sus problemas de adicción y, después de la sorpresa inicial, sus padres habían seguido queriéndolos y apoyándolos.

–Tengo que admitir que, como padre, uno piensa que no hay nadie que se merezca a su hija, pero nunca había visto a un hombre tan enamorado.

Ella asintió, emocionada.

–Venga, vamos. ¿Estás preparada? –preguntó él.

Y Daisy lo agarró del brazo.

Fuera estaba empezando a ponerse el sol, tiñendo el cielo de un rosa dorado.

Rosamund, la dama de honor, estaba esperando en la playa con los ojos llenos de lágrimas.

–Oh, Daisy, estás preciosa.

Se dieron un abrazo rápido y avanzaron hacia el mar.

Y entonces Daisy se detuvo y se tapó la boca con la mano.

Delante de ella, en la arena, brillaban muchas velas. Junto al sacerdote, en el centro, estaba Rolf, muy guapo, vestido de lino blanco.

–Lo has conseguido –le dijo él al verla llegar, mirándola con adoración.

–Lo hemos conseguido –respondió ella con voz ronca.

Cuando la ceremonia hubo terminado, Rolf la agarró de la mano y la alejó de los invitados.

–¿Eres feliz? –le preguntó, pasando la mano por su hombro desnudo.

Daisy sintió deseo.

–Nunca había sido tan feliz –admitió.

Él se acercó más y la abrazó por la cintura.

–Te quiero, Daisy.

–Y yo a ti –le respondió ella en un susurro–. Y siempre te querré.

–Siempre –repitió Rolf besándola mientras el sol se ponía a sus espaldas.

Amores fingidos

Sarah M. Anderson

Ethan Logan no conocía el fracaso, pero hacerse con la cervecera Beaumont le estaba resultando difícil. Para triunfar, iba a tener que tomar medidas drásticas, incluyendo pedirle matrimonio a la atractiva pelirroja Frances Beaumont.

Frances no estaba dispuesta a casarse con un completo desconocido sin conseguir nada a cambio, pero una vez que Ethan aceptara sus términos, confiaba en que aquella farsa se desarrollara sin problemas. Ella nunca había creído en el amor, y siempre había hecho lo que había querido con los hombres que habían pasado por su vida, pero un beso de su presunto prometido lo cambió todo.

Era el plan perfecto, hasta que se dio cuenta de que la quería por algo más que por negocios.

¡YA EN TU PUNTO DE VENTA!